여행, 작품이 되다

밥장의
실크로드
예술 기행

여행, 작품이 되다

글 그림 사진
밥장

시우

난 그림 그리는 사람인데
기예를 맡을 줄은 몰랐다

2018년 6월 1일 오후 3시 반. 상수동 이리카페에서 남자 김 피디와 여자 김 피디를 만났다. 작은 키의 남자 김 피디는 나이에 비해 피부가 무척 매끈했다. 여자 김 피디는 하얀 피부에 나른한 눈빛이 인상적이었다. 외주 프로덕션이 아닌 KBS 정규직 피디들이었다.

(두 분 중에 누구였는지는 모르겠지만) 김 피디는 내년에 방영될 실크로드 다큐멘터리를 찍으려고 하는데 출연자를 찾고 있다. 지금껏 실크로드를 많이 다뤘지만 대부분 풍경이나 역사, 유적 위주였다. 이번에는 춤과 음악, 기예 같은 무형의 것들을 다뤄보려고 한다 등등을 일목요연하게 설명했다.

나로서는 여행을 떠나는 것은 언제나 환영이지만 춤, 음악, 기예와 내가 어떤 관계가 있는지 모르겠다고 대꾸했다. 그러자 (이번에도 두 명의 김 피디 중 한 명의) 김 피디가 춤과 음악을 맡을 출연자는 섭외했으니 기예를 맡기고 싶다고 했다. 기예가 구체적으로 어떤 거냐고 물었더니 파르티안 샷을 쏘거나 폴로 경기에 참여하거나 무술을 배우는 정도라고 했다. 난 그 자리에서 흔쾌히 수락을 했다. 두 김 피디는 평소 나의 그림을 잘 보고 있다는 인사를 한 후 결정이 되는 대로 다시 연락을 하겠다며 자리를 떴다.

그림 그리는 사람이 왜 이 일을 기꺼이 승낙했냐고 묻는다면 내 대답은 '나도 잘 모르겠다'이다. 너무 황당해서 오히려 끌렸는지도 모르겠다. 그리고 며칠 뒤 최종 결정이 났다는 연락을 받았다.

2018년 6월 28일 오후 11시. 이태원의 한 베트남 식당에서 다큐멘터리 촬영에 합류할 출연자들을 만났다. 차진엽은 현대무용가로 평창동계올림픽 무용 감독이었다. 그녀는 춤 파트를 맡았다. 원일은 연주자이며 작곡가로 평창동계올림픽 음악 감독이었다. 그는 음악 파트를 맡았다. 밥장은 일러스트레이터로 '믿는 구석 통영' 주인장이다. 나는 기예 파트를 맡았다. 잘 나가다 내 소개에서 미묘하게 빗나가는 기분이었다. 다들 초면이라 서툴게 웃어넘겼다. 차 감독, 원 감독 그리고 밥장의 기묘한(?) 여행이 시작되었다.

10월부터 인도, 이란, 중국을 차례로 다녀왔다. 2주 동안 촬영하고 한국으로 돌아와 2주 동안 한국에 머물다 다시 나가는 일정이 12월 말까지 계속되었다. 낮에는 김 피디가 연출하는 대로 부지런히 촬영하고 밤에는 숙소에 돌아와 몰스킨에 그림을 그렸다.

인도 바라나시에서 저녁을 먹고 김 피디와 따로 짧게 산책을 할 기회가 있었다. 기예를 맡긴다면 나보다 운동을 잘하는 사람이 더 낫지 않았겠냐고 물었다. 그는 "활도 쏘고 말도 타고 체조도 하고 그림도 그릴 줄 아는 사람은 없어요. 아무나 해.도. 괜찮아요. 편하게 하시면 됩니다"라고 친절하게 대답해주었다. 그제서야 비로소 깨달았다. 난 깍두기였구나! (불만은 전혀 없습니다. 국밥이 맛있으려면 깍두기는 더 맛있어야 하니까요. 무엇보다 가보지 않은 곳, 해보지 않은 일이라면 뭐든 괜찮습니다.)

SILK ROAD

SPICE MARKET

이
란

IRAN

인
도

INDIA

KOREAN AIR

BOARDING PASS

NAME CHANG/SUKWON MR
FROM SEOUL/GIMPO E
BEIJING
DATE 11DEC18

FLIGHT KE 851
SEAT 39D

ECONOMY

中国南方航空 CHINA SOUTHERN

航班 FLIGHT CZ6025
日期 DATE 11DEC18
到达站 DESTN. URUMQI 乌鲁木齐

登机口 GATE 50
登机时间 BOARDING TIME

航班 FLIGHT CZ6025
姓名 NAME CHANG/SUKWON
到达站 DESTN. URC乌鲁木齐
座位 SEAT 46J
序号 No. 085

一次飞行 十分关爱
每张机票，您每乘坐一次南航航班，
南航就捐出"10分"线往入腾航一生。
分"关爱基金。用于慈善公益事业。

关注南航
尽享便捷服务

搭乘卷 권

厦门航空 XIAMENAIR

9 6556
新疆机场服务热线

姓名 NAME CHANG/SUKWON
日期 DATE 13DEC
到达站 DESTN KUQA 库车

舱位 CLASS E
032

NTN43589398
ETKT 8263400704420/1

新疆机场集团公司
XINJIANG AIRPORT GROUP CO.,LTD.

航班号 FLIGHT GS7561
登机口 GATE 6
登机时间 BOARDING TIME 1410
座位号 SEAT 6A

登机口可能变更
请您注意广播或
登机口提示信息

请勿折叠
DO NOT FOLD

重要提示：请留意登机口临时变更信息。 登机闸口于航班起飞前15分钟关闭。
NOTICE:PLEASE NOTE THE ALTERATION OF YOUR BOARDING GATE INFO. YOUR BOARDING GATE WILL BE CLOSED 15 MINUTES BEFORE DEPARTURE.

BOARDING PASS

CHINA

누가 기내지에다
낙서를?

나는 여행을 하면서 마음속의 지도를 채워간다. 제법 여행을 많이 했지만 그 지도에 빈 곳은 여전히 많다.

중국 서쪽 타클라마칸 사막(위구르어로 '돌아올 수 없다'는 뜻이다)부터 키르기스스탄, 카자흐스탄, 타지키스탄처럼 이름에 스탄이 붙은 나라들까지는 완전한 진공 상태이다. 아는 게 없어서 떠오르는 이미지도 없었다. 뜯지 않은 몰스킨 같았다. 이번 촬영에서는 서역이라 불리던 중앙아시아와 맞닿은 도시 우루무치에서 출발하여 쿠처, 시안, 츠저우, 정저우, 우차오를 거쳐 베이징까지 가로지를 계획이었다.

중국에서의 첫 방문지인 우루무치는 신장 위구르 자치구의 주도主都다. 인천 공항에서 베이징까지는 한 시간 반. 베이징 공항에서 네 시간을 기다린 뒤 우루무치로 가는 국내선으로 갈아탔다. 또 네 시간 넘게 걸렸다. 8세기 승려나 상인이었다면 일 년 넘게 걸렸을 텐데 21세기 평범한 일러스트레이터는 그나마 반나절 만에 왔다.

중국남방항공을 탔는데 기내지를 들춰보다가 깜짝 놀랐다. 중국 지도 위에 취항하는 모든 도시와 항로를 가느다란 선으로 연결했는데 선들이 마치 볼펜으로 마구 낙서를 한 듯 새까맣게 뭉쳐 있었다. 처음엔 미친놈이 낙서한 줄 알았다. 중국이 대한민국보다 100배 크다는 말보다 이 지도 한 장이 훨씬 와닿았다.

중국남방항공 기내지 속 노선도

돈 스파이크를 닮은 광전총국 소속 공무원

우루무치 공항에는 조선족 코디네이터와 정체 모를 중국인이 우리를 기다리고 있었다. 나중에 보니 그는 베이징에서 온 광전총국 소속 공무원이었는데 생김새가 돈 스파이크를 쏙 빼닮았다(이름을 외우기 어려워, 혹은 기억하고 싶지 않아서 나는 계속 돈 스파이크라고 부르겠다). 광전총국은 중국의 방송, 출판, 영화를 관리, 감독하는 감시 기구다. 한국에서 온 제작진들이 안전하게 취재할 수 있게끔 '도와주려고' 왔다고 한다.

사전에 예약한 호텔 외에 투숙 금지, 촬영 후 외출 금지, 사전에 정해진 식당 외에 식사 금지, 섭외가 허락된 사람들 외에 인터뷰 금지. 그가 도와준 내용들이다. 신장 자치구 외사부 직원 한 명, 외사부 (직원을 가장한 안기부) 직원 한 명이 더 합류했다. 말로는 우리의 안전을 위한 것이라고 하지만 취재 비자로 온 거라 뭘 찍을지 감시하러 온 게 불 보듯 뻔했다. 당당하면 감출 게 없다. 알면서도 따라주기로 했다.

서울에서 베이징까지 한 시간 반, 베이징에서 우루무치까지는 네 시간 반.

· · · · ·

꿈에서 무녀를 만났다. 큰 빌딩 앞에 사람들이 가득했고 까랑까랑한 할머니는 곱다라고 하기엔 조금 과한 색깔 한복을 입었다. 하지만 촌스럽거나 천박하지 않았다. 할머니 무녀의 몸짓은 굿보다 공연에 가까웠다. 젊은 두 처자 사이에서 밀리지 않았다. 오히려 깜짝 놀랄 만큼 가벼웠고 움직임과 멈춤 사이 힘이 느껴졌다. 공연을 마치고 관객 중 두 사람을 골라 운을 봐주었다. 나하고 (뜬금없지만) 안정환이었다. 나보고 부모한테 덕을 많이 받았으니 지금 그림 '하는 거' (그리는 게 아니었다. 분명히) 잘 될 거라며 토닥거렸다. 안정환에게는 선수로서 전성기는 지났지만 다른 일로 크게 흥할 거니 더 좋다고 하였다. 굳이 당신 아니더라도 할 만한 이야기였지만 그래도 좋았다. 꿈에서 깨어보니 아직 한밤이었다. 얼마 전 여자친구는 밥상을 차리면서 가끔 너무 행복하게 웃는데 알고 있냐고 물었다. 지금 곁에 있다면 오늘밤도 그랬다며 신기하게 바라보았을 텐데.
우루무치에서 첫날 밤을 보낸다.

· · · · ·

신장자치구 외사부 직원 한 명, 중앙정부 광전부 (우리로 치면 문화관광부) 직원 한 명 그리고 내일은 외사부 (직원을 감시할 '안기부') 직원이 합류한다. 호텔 밖으로 한 발자국도 나가면 안 되고 밖에서 식사하려면 하루 전에 직원에게 알려야 한다. 그리고 나서 직원이 고른 식당에서만 먹어야 한다. 말은 도와주려고, 안전을 위해서라고 하지만 취재 비자라 뭘 찍을지 두렵기 때문이다.
당당하다면 감출게 없다. 알면서도 따라주기로 한다. 공무원들 식비와 숙박비 모두 우리가 낸다. 대신 호텔과 식당 모두 내부가격으로 할인해준다고 가볍게 생색낸다.

우루무치에서의 첫날 밤,
섬뜩한 크리스마스 장식으로 시작하다

첫날 묵은 호텔은 '노스웨스트 페트롤리움 호텔西北石油大酒店'
이었다. 돈 스파이크가 예약한 숙소였다. 터무니없이 넓은 로
비 한가운데 위구르인과 무슬림을 비웃기라도 하듯 뜬금없
이 크리스마스 장식이 커다랗게 놓여 있었다. 비쩍 마른 가
짜 산타클로스들이 가짜 야자수를 타고 가짜 낙하산에 매
달려 있었다. 집단으로 목을 매단 것처럼 보여 무척 섬뜩했다.
비싼 호텔이었는데 공무원 돈 스파이크 덕분에 내부 가격으
로 할인받았다. 다만 그의 숙박비와 식비 모두를 우리가 내
야 했다.

그 기이한 크리스마스 장식 때문일까? 중국에서의 첫날 밤
꿈에서 난 무녀를 만났다.
큰 빌딩 앞에 사람들이 가득했고 까랑까랑한 할머니는 곱
다고 말하기엔 조금 과한 색깔의 한복을 입었다. 하지만 촌

1 호텔 로비에서 만난 이상한 산타클로스들

2 중국에서 첫날 밤을 보낸 호텔 방

스럽거나 천박하지 않았다. 할머니 무녀의 몸짓은 굿보다 공연에 가까웠다. 젊은 두 처자 사이에서도 결코 밀리지 않았다. 오히려 깜짝 놀랄 만큼 가벼웠고 움직임과 멈춤 사이에 힘이 느껴졌다. 공연을 마치고 관객 중 두 사람을 골라 운세를 봐주었다. 나하고 (정말 뜬금없지만) 안정환이었다. 나보고 부모한테 덕을 많이 받았으니 지금 그림 '하는 거' (그리는 게 아니리 분명히 '하는 거'라고 말했다) 잘 될 거라며 토닥거렸다. 안정환에게는 선수로서 전성기는 지났지만 다른 일로 크게 흥할 거니 더 좋다고 하였다. 굳이 당신 아니더라도 충분히 할 수 있는 이야기였지만 그래도 좋았다.

꿈에서 깨어보니 아직 한밤이었다. 얼마 전 여자 친구가 나한테 밥장은 자면서 가끔 너무 행복하게 웃는데 알고 있냐고 물었다. 지금 곁에 있었다면 오늘 밤도 그랬다며 신기하게 바라보았을 것이다. 밤은 아직 많이 남았고 중국에서의 첫날 밤은 유독 길게 느껴졌다.

아름다운 목장에 오신 걸
환영합니다

신장 위구르는 1955년 중국에 의해 '해방'되었다. 자치구 주
도인 우루무치를 중국에 오기 며칠 전 뉴스에서 보았다. 황
사가 섞인 눈이 내려 도시 전체가 인절미처럼 노랗게 덮여
있었다. 우루무치에서나 볼 수 있는 이 광경을 기대하고 커
튼을 젖혔다. 눈은 다 녹은 모양이었다. 서울 같은 대도시와
별로 다를 것 없이 희뿌연 하늘과 탁한 건물 사이로 차들과
사람들이 부지런히 오갔다.

크게 다른 점이 있다면 눈에 보이지 않아도 경찰과 군인들
은 어디에나 깔려 있다는 것이다. 만약의 사태에 대비해 골
목 안에는 군인과 경찰들이 잔뜩 웅크리고 있다고 한다. "사
는 사람들은 그냥 살아요. 밖에서 온 우리한테나 낯설죠."

호텔 방에서 본 우루무치 거리 풍경

조선족 출신 코디네이터는 심드렁하게 아무 일도 아니라는 듯 말한다. 진짜 그런지 거리를 지나는 사람 아무나 붙잡고 물어보고 싶었다. 그 순간 돈 스파이크가 생각났다. 취재 비자로 온 터라 5성급 호텔에 재워주며 비싼 식사까지 챙겨주었지만 자유롭게 사람들을 만나고 촬영할 권리는 조용히 거두어 갔다는 사실을 깜박한 것이다. 맞다. 여기서는 인터뷰도 하면 안 되고 외출도 안 되지….

우루무치는 몽골어로 아름다운 목장이란 뜻이라고 한다. 그 목장은 어디로 사라지고 만 것일까?

인생 면 요리,
궈유러우 반몐

위구르인은 원래 돌궐의 한 부족이었다. 초원을 떠돌다 신장에 정착했다. 유목민 DNA와 정착민 밈MEME(DNA가 생물학적인 유전자라면 MEME은 문화적인 유전자를 말하는데 리처드 도킨스가 쓴 용어라고 합니다. 이 시각에서 보자면 전통, 윤리, 지식 등도 유전된다고 합니다)을 고루 갖추었다는 것이 음식에서 잘 드러난다.

이들은 양고기와 밀가루를 즐겨 먹는다. 양고기는 꼬치에 꽂아 바로 굽거나 요리 재료로 쓴다. 밀가루로 낭과 반몐을 만든다. 낭은 밀가루를 반죽해 양파와 파슬리를 넣은 뒤 화덕에 구워낸 것이다. 토핑을 얹지 않은 피자처럼 생겼는데 라지 사이즈보다 더 크다. 인도 난보다 기름이 덜하고 수분이 적어 딱딱하다. 잘 상하지 않아 오랫동안 갖고 다니면서 조금씩 뜯어 먹는다.

인생 면 궈유러우 반몐

반멘은… 이라고 쓰는데 벌써 입에 침이 고인다. 밀가루 반죽을 늘린 뒤 사정없이 내리치면서 가닥을 만든다. 이렇게 만든 민을 싫은 뒤 찬물에 헹궈낸다. 토마토, 피망, 양파, 배추에 양고기나 소고기를 넣어 볶아 소스를 만든다. 간짜장처럼 면과 소스를 따로 담아내고 먹기 전에 부어서 비빈다. 반멘은 종류가 많은데 양고기를 넣은 궈유리우 반멘이 가장 인기가 좋았다. 인생 면으로 정해도 좋을 만큼 맛있었다. 소스도 정말 맛있었지만 면발은 지금껏 먹어본 국수 가운데 가장 쫄깃하고 가장 매끄럽고 가장 탱탱했다.

코디네이터는 중국 식초를 곁들이면 훨씬 맛있다며 면 위에 호기롭게 둘렀다. 나도 따라 했는데 맛이 기가 막혔다. 더구나 면은 무한 리필인데 반멘 파는 식당이라면 어디나 마찬가지라고 한다. 한식 조리 자격증이 있는 카메라 감독은 목동에 위구르 식당을 열어볼까 꽤 진지하게 고민했다.

3천 년 전의
클럽 파티로 초대합니다

신장위구르자치박물관 로비에는 노란 글씨가 새겨진 빨간 현수막이 커다랗게 걸려 있었다. 커다란 스크린에는 온화한 미소를 띤 시진핑 영상이 무한 반복되고 있었다.

박물관 전시장을 돌아보는데 그림 한 점이 눈에 띄었다. 신장 캉자스먼쯔康家石門子 암각화인데 3천 년 전 절벽에 새긴 그림이었다. 세계적으로 보기 드문 거대한 암각화를 전시장에 복원해놓은 것이었다. 졸라맨처럼 둥근 얼굴에 눈, 코, 입을 그리고 역삼각형의 몸통에 팔다리는 선으로 대충 그린 것처럼 보였다. 수많은 남녀가 함께 춤을 추는 모습인데 자세히 보니 몇몇은 섹스를 하고 있었다. 암각화 전문가에게 물었더니 생식 숭배로 표현된 종교적 세계를 담은 거라고 점잖게 대답하였다. 하지만 보이는 그대로 말하자면 섹스와 엑스터시 파티였다.

신장 캉자스먼쯔 암각화

3천 년 전 절벽 클럽에 모인 남녀는 과연 어떤 춤을 추었을지 궁금했다. 다시 그림을 보았다. 몸통은 역삼각형이고 두 발을 붙인 채 무릎을 한쪽으로 구부렸다. 팔은 기역, 니은 모양이었다. 빠르게 돌면서 춤추는 모습이 떠올랐다. 빠르게 돌수록 발은 가운데로 모이고 허리를 축으로 어깨와 팔이 크게 돌아간다. 빙글빙글 도는 몸통은 역삼각형으로 보인다.

차 감독이 직접 시범을 보였다. 복원된 이 암각화 아래서 토요일 밤마다 3천 년 전 그대로 절벽 클럽을 오픈한다면 끝내주지 않을까 싶었다. 그러면 로비에 있는 저 흉물스러운 빨간 현수막과 무한 반복되고 있는 영상이 힙해보일 수도 있을 것 같다.

도쿄국립박물관에서는
안 된다고 합니다

사리함에 새겨진 그림도 수바시 유적에서 발굴·복원되어 큼직하게 걸려 있었다. 가면을 쓰고 춤을 추며 악기를 연주하는 스물한 명의 모습이 담겨 있었다. 7세기에 만들었다는데 무함마드가 메카에서 메디나로 이주하고, 한반도에서는 백제와 고구려가 멸망하고 대조영이 발해를 세울 무렵이었다.

그런데 지금 인스타그램에서 가장 인기 있는 인사이더의 그림이라고 말해도 믿을 만큼 세련되었다. 역동적인 몸짓, 개성 넘치는 의상, 정교한 가면, 무척 예쁘게 그린 손과 발까지 마음에 들지 않는 데가 없었다. 실물은 어디서 볼 수 있는지 도슨트한테 물었다. 도쿄국립박물관에 있다는 뜻밖의 대답을 들었다. 도대체 중국의 7세기 사리함이 어떻게 도쿄까지 가게 되었는지 궁금했다.

사리함은 일본 승려인 오타니 코즈이가 1903년 수바시 유적에서 발굴해 일본으로 가져갔다. 말이 발굴이지 절도나 다름없었다. 오타니가 신장과 투루판 일대에서 발굴한 유물은 우리나라 국립중앙박물관에도 남아 있다. 국립중앙박물관에서 소장하고 있는 유물만 무려 1,500점이 넘는다. 그가 몸담았던 절이 파산해서 유물을 재벌인 구하라久原에게 팔았고 그가 고향 친구인 데라우치 총독을 통해 채광권과 교환하는 조건으로 조선총독부에 모두 기증하였다. 해방 후에는 대한민국 국고에 귀속되어 국립중앙박물관에 남게 되었다고 한다.

귀국 후에 피디가 직접 사리함을 찍을 수 있는지, 만약 안 된다면 관람이라도 가능한지 도쿄국립박물관에 물어보았다. 촬영할 수 없고 볼 수도 없으며 앞으로 일반인에게 공개할 계획도 없다는 답변이 돌아왔다. 실물은 높이 31센티미터에 직경 38센티미터 크기다. 박물관 홈페이지에서 사진을 모아 다시 그렸다.

"민간에서는 가무와 음악에 능하며 글을 옆으로 쓰며 불법을 소중하게 여긴다."
『신당서』「서역전」
新唐書 西域傳

신장위구르자치구 박물관에서 인상 깊은 일러스트를 보았다. 쿠처 부근 수바시 유적지에서
발굴된 사리함에 새겨진 그림을 복원하여 큼직하게 걸어놓았다. 7세기경 작품인데
요즘 인스타그램에서 잘 나가는 그림이라고 해도 믿을 만큼 힙하고 세련되었다. 역동적인
몸짓과 개성 넘치는 가면과 의상, 예쁘게 그린 손과 발까지 마치 눈 속에서 춤을 추는 듯
꿈틀거렸다. 실제 사리함은 어디서 볼 수 있는지 박물관 도슨트에게 물었더니 뜻밖에
"도쿄국립박물관에 있습니다." 라고 알려주었다. 7세기 사리함이 어떻게 도쿄까지
가게 되었을까 궁금해졌다. 그리고 실물을 꼭 보고 싶다는 욕구가 스멀스멀 기어올랐다.
수바시 사원 유적지부터 찾기로 했다. 거기에 단서가 분명 있을 테니까. 우루무치에서
쿠차까지는 비행기로 한 시간 남짓 걸린다. 거대한 톈산산맥을 가볍게 뛰어넘는거다.

쿠처왕국은 서역의 관문에서 번성하던 불교 왕국이었다. 지금은 폐허지만
이중 삼중으로 단단히 쌓아올린 흙벽돌벽이 그 시절 영광을 기억하며 힘차게 버티고 있다.
그리고 쿠처왕국을 기록한 역사서가 상상을 더욱 단단하게 다듬어낸다.
폐허 위에 반짝거리는 장식과 화려한 깃발들, 이국적인 의상을 갖춘 사람들,
알아듣기 힘든 낯선 억양까지 조금씩 되살아났다. 폐허 위에서 영광스런 시간에 빠져든다.

" 그들은 발굴이라고 하지만 우리에겐 늘 있었던 것을 뜯어내 간 절도에 불과합니다."

" The characters and images on the sarira box are the portrayal of the social
reality in Kuqa. It is suggested that the picture presents the fragment
of a popular ancient Western dance drama named "Su Mu Zhe",
which is extremely valuable material to study the West Regions art."

결론적으로 일본 승려인 오타니 코즈이가 1903년 발굴해 가져간 것이다. 그런데 국립중앙박물관
에도 그가 신장해서 발굴해낸 유물이 무려 1,500점이나 보관되어 있다. 몸 담았던 절이
파산해서 유물을 일본 재벌 구하라에게 넘겼고 그는 고향친구였던 데라우치 총독을 통해
조선총독부에 기증하였다. 해방 후 대한민국 국고에 귀속되어 지금까지 관리하고 있다.
          채광권과 교환하는 조건으로

한국어→중국어→위구르어,
다시 위구르어→중국어→한국어

신강예술극원 무캄예술단을 만났다. 무캄Muqam이란 노래와 춤, 음악이 어우러진 위구르 전통 예술 공연이다. 위구르 전통 복장을 입고 길게는 12시간 동안 연주하고 춤을 춘다. 오늘은 정식 공연은 아니고 멀리서 온 우리를 위해 특별히 모였다. 40명 정도의 연주자와 합창단이 전통 복장 대신 편안한 평상복을 입고 기다리고 있었다.

푸른 눈에 높은 콧날, 선명한 이목구비까지 지금까지 봐왔던 중국인의 모습과는 많이 달랐다. 중국 국적이지만 위구르어만 할 줄 알고 중국어는 한마디도 못한다. 그래서 대화를 하려면 우선 한국어로 물어보고 코디네이터가 중국어로 번역하면 위구르 공무원이 위구르어로 다시 번역하는 과정을 거쳐야 했다. 단원들이 이 질문에 대답하면 이번에는 반대의 순서를 밟아 위구르 공무원과 코디네이터를 거쳐야 했다.

아무튼 무캄은 처음이라 무척 기대되었다. 악기 이름도 낯설고 모양도 특이했다. 그려야 할 연주자도 여러 명이고 연주 시간도 짧아 먼저 스마트폰으로 찍고 나중에 숙소에서 완성하려고 했더니 김 피디가 내가 그리는 모습도 함께 찍을 거라고 했다. 갑자기 머릿속이 바빠졌다. 40명이 20분 정도 공연하니까 한 사람당 길어야 30초. 아뿔싸. 정신없이 그려 겨우 완성했지만 덕분에 음악은 제대로 들을 수 없었다.

공연이 끝나고 원 감독은 독창을 맡은 연주자에게 위구르인으로서 중국에서 전통음악을 연주하는 게 어떤 의미인지를 물었다. 원 감독과 코디네이터, 공무원을 거쳐 질문이 전달되었고 다시 공무원과 코디네이터를 거쳐 답변이 전달되었다. 정부에서 무척 잘 챙겨줘서 편하고 즐겁게 공연한다고 했다. 원 감독이나 내가 기대했던 답은 아니었지만 돈 스파이크는 무척 만족한 모습이었다.

무캄예술단 단원들

刀郎木卡姆 도랑무캄
dolan muqam

무캄은 돌궐의 한 부족이던 위구르인들이 신장에 머무르면서 꾸준히 계승·발전되었다.
노래와춤·음악이 함께 어우러진 종합예술로 한번공연이 시작되면 무려 12시간 이상
하기도 한다. 중국은 물론 중앙아시아와 이란, 인도악기와 음계가 모두 사용된다.

우리도 그들처럼
톈산산맥을 넘어서

우루무치에서 쿠처까지는 비행기로 한 시간 남짓 걸렸다. 비행하는 내내 톈산산맥을 내려다보았다. 거대한 산맥이 끝도 없이 펼쳐졌다. 만약 이곳에 떨어진다면 며칠이나 버틸 수 있을까 하는 끔찍한 상상도 해보았다.

이 산맥을 현장玄奘이 넘었고 혜초가 넘었으며 고선지 장군도 넘었다. 그리고 이름을 남기지는 못했지만 수많은 상인들과 모험가, 살던 곳에서 강제로 쫓겨난 이주민들도 넘었을 것이다. 그들에게 톈산산맥은 결코 넘을 수 없는 세상의 끝이 아니었다. 낯설지만 아름다운 노래, 관능적인 춤, 처음 맡아보는 향기, 달콤한 과일, 금과 돈이 강처럼 흐르는 기회의 땅을 가려놓은 담장으로 느껴졌을 것이다. 그들에게 톈산산맥은 꿈을 보여주는 거대한 스크린이었다. 마치 우리가 아이맥스관의 거대한 스크린 앞에서 팝콘을 먹으며 달콤한 백일몽에 빠지듯 말이다.

서역 출신 기예단은 요즘으로 말하자면 월드투어를 하듯 동쪽으로 떠났다. 9세기 최치원은 자신의 저서《향악잡영오수郷樂雜詠五首》에 신라에서 유행한 서역놀이를 적어두었다. 금환, 월전, 대면, 속독, 산예 등의 놀이인데 기록만 있고 실제로 어떤 놀이였는지는 알 수 없다고 한다. 그중에서 산예는 바로 이곳 쿠처에서 전해진 놀이다.

> "멀리 서방 사막을 지나오느라 털옷은 다 해지고 온몸엔 티끌만 뒤집어 쓴 사자가 인덕이 배어 있는 머리와 꼬리를 흔들면서 영특한 기개와 재주를 자랑한다."
>
> 최치원,《향악잡영오수》중에서

혜초와 고선지 그리고 서역에서 온 기예단 모두 험한 협곡과 마주쳤을 테고 어쩌면 여기를 지났을지도 모른다.

우루무치에서 쿠처까지는 비행기로 한 시간 남짓 걸린다. 비행하는 내내 톈산산맥을 내려다보았다. 끝도 없이 우람했다. 만약 이곳에 떨어진다면 과연 며칠이나 버틸 수 있을지 끔찍한 상상도 해보았다. 이 산맥을 현장이 넘었고 혜초가 넘었으며 고선지 장군도 넘었다. 그리고 상인들과 모험가 쫓겨난 이주민까지 이름을 남기지는 못했지만 분명 여기를 넘었을 것이다. 누구한테는 결코 넘을 수 없는 세상의 끝이었지만 그들에게는 달랐다. 낯설지만 아름다운 노래와 관능적인 춤, 처음 맡아보는 향기, 달콤한 과일, 금과 돈이 강처럼 흐르는 기회의 땅을 감춰둔 담장에 불과했다. 산맥은 꿈을 보여주는 거대한 스크린이지 않았을까. 마치 우리가 아이맥스관에서 팝콘을 씹으며 달콤한 백일몽에 빠지듯 말이다.

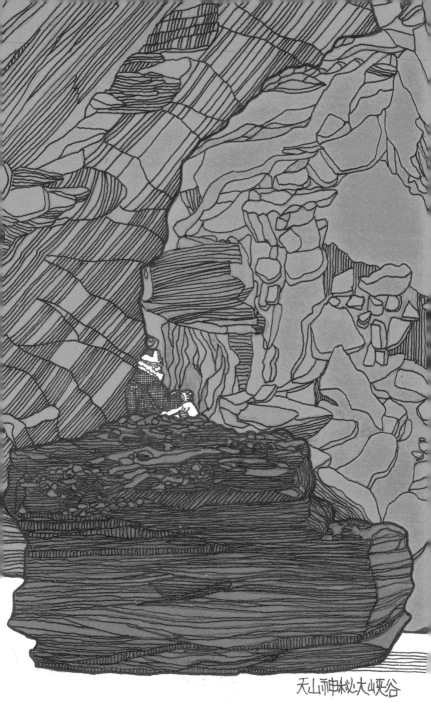

天山神秘大峡谷

영하 10도를 오르내리는 추운 날씨 때문인지 텐산 대협곡에는 아무도 없었다. 시린 공기와 시퍼런 하늘 덕분에 협곡은 더욱 붉게 보였다. 윈 감독은 높은 곳까지 올라가 장구를 쳤다. 차 감독은 하늘이 우물처럼 보이는 텅 빈 골짜기에서 얇은 옷만 걸치고 춤을 추었다. 나는 얼어붙은 손가락을 호호 불어가며 협곡을 그렸다(뻥 거짓말이고 너무 추워 스마트폰으로 찍고 숙소에서 뜨거운 차를 마시며 느긋하게 그렸습니다).

톈산 대협곡에서 원일 감독(좌)과 차진엽 감독(우)

언 수박을 먹으며
악기 장인을 만나다

쿠처에서 전통악기를 만드는 장인을 찾았다. 주민의 절반에
해당하는 사람들이 악기를 만들며 사는 마을이었다. 사연
많은 장인들이 세상을 등진 채 악기를 만들며 숨어 사는 줄
알았다. 그러나 웬걸! 마을 입구부터 '여기 악기 장인들이
살고 있어요'라고 알려주는 거대한 조각상이 버티고 있었다.
그 조각상은 흙으로 만들어졌는데 어깨 위로는 쌍봉낙타가
기어오르고 있었다.

장인이 사는 집도 크게 다르지 않았다. 대문 위 나무판에 '국
가가 지정한 장인의 집', '악기 장인', '관광 명소'라고 쓰인
큼지막한 명패가 달려 있었다. 내 예상은 보기 좋게 빗나갔
다. 그는 우리를 반기며 손수 연주를 했다. 직접 만든 악기를
하나하나 소개하며 모두 살 수 있다고 귀띔해주었다. 작업
실 한 켠에 놓인 페치카에서는 석탄 덩어리가 발갛게 타올

랐다. 페치카는 러시아식 벽난로인데 아마 오래전에 전방에서 군생활을 한 남자들은 다 알고 있을 것이다. 조수는 울림통을 만든다며 통나무를 부지런히 파내고 있었다.

내가 사는 통영에도 장인들이 산다. 작은 상을 만드는 소반장, 가구에 쓰이는 철물을 만드는 두석장, 발을 만드는 염장도 산다. 수요가 적고 만드는 데 시간도 오래 걸려 한마디로 돈이 안 된다. 고집과 자부심만으로 힘겹게 버티고 있다.

영하 10도에 가까운 날씨인데도 멀리서 손님이 왔다며 수박을 잘라 내왔다. 마당에 둘러앉아 입김을 불며 서걱서걱 씹어 먹었다. 장인에게 물으니 악기가 잘 팔려서 먹고사는 데 지장이 없다고 하였다.

"제대로 된 탄부르(위구르 전통 현악기)를 만들려면 보름 동안 두 명이 달라붙어 꼬박 해야 돼. 지금까지 나한테 배운 도제들은 40명 정도야. 그런데 중간에 그만둔 사람들이 많아. 엄청나게 시간을 들여 악기를 만들었는데 제대로 소리가 나지 않으면 마음 상하지. 그만둘 수밖에 없는 거지. 난 아버지, 할아버지한테 악기 만드는 법을 배웠어. 처음에는 한 개도 못 팔았지. 생활도 무척 어려웠고. 지금은 음악과 악기 덕분에 먹고사니까 무척 행복해."

원 감독이 다프를 골랐다. 커다란 탬버린처럼 생긴 악기다. 좀 깎아달라고 흥정하니 조용히 웃으며 그것보다 가격이 싼 악기를 권했다. 결국 한 푼도 깎지 못했고 꽝꽝 언 수박만 마저 깨물었다.

악기 장인이 사는 작업실 겸 집 입구

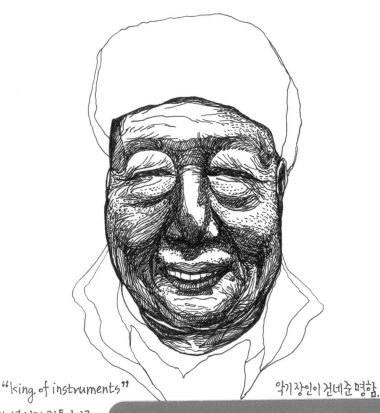

"king of instruments"

악기 장인이 건네준 명함.

4년 넘게 전통악기를 만든 장인. 아직까지 악기를 찾는 사람이 많아 행복하다고. 후계자도 없고 판로도 없어 고집으로 버티는 통영의 장인들이 떠올랐다. 악기 장인의 편안한 미소를 통영에서도 보고 싶다.

نۇيغۇر چالغۇ ئاسۋاپلىرىنى ياساش ۋە سېتىش ماركىزى

维吾尔族乐器制作及销售中心

دۆلەت دەرىجىلىك چالغۇ ئاسۋاپ ئۇستىسى ھېيت ئىمىن

国家大师傅赫依提伊敏

TEL:13070025714
13779791682

ئادرىسى ： ئاقسۇ ۋىلايەت توقسۇ ناھىيە ئىچچىرىق يېزا جاي كەنت

地址 ： 阿克苏新和依其艾日克乡加依村

" 제대로 된 탐부르 하나를 만들려면 두 명이 달라붙어 15일 동안 꼬박 해야 돼. 지금까지 나한테 배운 도제들은 40명 정도 돼. 그런데 중간에 그만둔 사람들도 많아. 엄청나게 시간을 들여 악기를 만들었는데 제대로 된 소리가 나지 않아 마음이 상해서야. 난 아버지, 할아버지한테 만드는 법을 배웠지. 처음에는 한 개도 못 팔았지. 생활도 무척 어려웠고. 하지만 지금은 음악과 악기 덕분에 먹고사니까 무척 행복해." _Ayitlmin (위구르 전통악기 장인)

Jiayi in the Xinjiang Uygur autonomous region is a village of only 215 households, yet almost half make a living selling handmade musical instruments.

Of the 105 households who make musical instruments, most of them owe their livelihoods to master artisan Ismayil Yunus. He may have died more than a decade ago, but his legacy is his apprentices.

폐허로 남은 수바시 유적

폐허에 오니
그림은 더 아름답게 보이고

"…우리가 이미 완전히 망각해버린 까마득한 옛날부터 세계대전은 여러 차례 있었으며 그때마다 당대의 강대국이 멸망하여 번영과 영화의 흔적이 무로 돌아가버리기를 반복해왔다는 것을 알 수 있다."

다치바나 다카시, 《에게 영원회귀의 바다》 중에서

수바시蘇巴什(중국 신강 위구르 자치구 고차현에 있는 불교 유적) 유적을 둘러보며 화려했던 왕국을 떠올리기는 쉽지 않았다. 우리를 제외하고 관광객은 한 명도 없었다. 세계문화유산이라고 새겨진 바위 옆 화장실은 언제 사람이 다녀갔는지 바위보다 더 유적처럼 보였다. 때마침 볼일(!)이 밀려와 화장실로 들어갔다. 화장실은 바닥에 뚫린 네모난 구멍이 전부였다. 구멍 속에는 천 년은 묵은 것 같은 똥 무더기가 원뿔모양으로 굳어 있었다. 애써 원뿔을 외면하고 앞만 보았다.

유적지를 닮은 화장실에서 나와 진짜 유적지를 둘러보기 시작했다. 그러나 서역에서 가장 크고 오래되었으며 잘 보존된 사원 유적이란 설명이 무색할 정도였다. 남아 있는 거라고는 바람에 닳고 닳아 언덕처럼 보이는 사원과 뭉툭한 벽채뿐이었다. 3세기부터 10세기까지 승려들과 이국에서 온 상인들, 정체 모를 사람들로 넘쳐나는 왕국이었다는 사실을 받아들이기 힘들었다. 20세기 초에 발굴된 사리함 그림만이 좋았던 시절의 모습을 생생하게 전할 뿐이었다. 이마저도 도쿄에 있으며 언제 공개할지 계획조차 없었다.

키질 석굴,
훼손도 역사로 남는가

키질 석굴은 둔황, 룽먼, 윈강 석굴과 더불어 중국 4대 석굴로 가장 오래된 석굴이다. 3세기부터 9세기까지 600년 동안 꾸준히 조성되었다.

한겨울이라 몹시 추웠다. 가죽 장갑으로는 부족해 스키 장갑을 꺼냈다. 석굴 앞에 있는 구마라습 청동 좌상은 얇은 옷만 걸쳤는데 너무 추워보였다. 그는 쿠처에서 태어나 중국 장안에서 산스크리트어로 된 300여 권의 불경을 한자로 번역했다. '색즉시공', '공즉시색', '극락'이란 말을 처음으로 썼다. 기계적인 번역에서 벗어나 원전에 없는 말과 개념을 만들었다.

석굴을 찾은 사람은 우리밖에 없었다. 관리인은 청바지에 손을 찔러 넣고 어깨를 잔뜩 움츠린 채 우리를 맞았다. 허술한 문짝에 걸린 더 허술해보이는 자물쇠를 열었다. 석굴 안 벽화는 감동을 느끼기에는 너무 훼손되었다. 구멍을 뚫고 얼굴을 긁어내고 석굴마다 미국, 영국, 독일, 일본 탐험가들과 현지인들이 남긴 상처로 가득했다.

"…일본은 사시미를 뜨듯이 하나하나 정교하게 발라낸 반면, 미국은 동물 가죽을 벗기듯 두두둑 뜯어냈고, 독일은 벽에 구멍을 뚫고 여우꼬리톱을 집어넣어 잘라냈습니다. 영국도 톱을 사용하긴 했지만 독일인처럼 우악스럽게 하지 않고 벽화 뒤로 조심스럽게 집어넣어 떼어냈습니다."

김영종, 《실크로드, 길 위의 역사와 사람들》 중에서

찢기고 뜯겨나간 벽에 파란색만 반짝거렸다. 금보다 비싸다는 푸른색 안료인 청금석으로 우즈베키스탄에서 캐낸 것이다. 뜬금없지만 세상이 날 배신하더라도 물감만은 가장 좋은 걸 써야겠다고 결심했다. 어떤 색깔이든 저렴하게 마음껏 쓸 수 있는 시대에 태어난 것에 감사했다.

내부에서는 사진 촬영이 금지되어 있었다. 키질 석굴 연구원은 커다란 캔버스 위에 가는 붓으로 벽화를 정교하게 모사했다. "석굴 벽화 복원은 세 가지 단계로 나뉩니다. 남아 있는 벽화를 그대로 옮기기, 연구를 토대로 훼손된 부분을 채우기, 마지막으로 복원된 벽화를 바탕으로 새로운 작품 만들기입니다. 연구원은 앞의 두 가지 과정을 맡습니다."

눈으로 기억해두고 숙소에 돌아와 잊어버리기 전에 그렸다(면 또 거짓말이고 구글의 도움을 받아 이미지를 찾아보고 그렸습니다).

" 야만은 오래된 아름다움을 좋아한다."

...일본은 사시미를 뜨듯이 하나하나 정교하게 발라낸 반면, 미국은 동물 가죽을 벗기듯 두두둑 뜯어냈고, 독일은 벽에 구멍을 뚫고 여우꼬리톱을 집어넣어 잘라냈습니다. 영국도 톱을 사용하긴 했지만 독일인처럼 우악스럽게 하지 않고 벽화 뒤로 조심스럽게 집어넣어 떼어냈습니다. <길 위의 역사와 사람들, 실크로드> 중에서.

克孜爾石窟
Kizilcaves

" 석굴 벽화 복원은 세 가지 단계로 나뉩니다.
첫째 남아있는 벽화를 있는 그대로 옮기기.
둘째 연구를 토대로 훼손된 부분을 채우기.
마지막은 복원된 벽화를 바탕으로 새로운 작품을
만들기입니다. 연구원에서는 앞의 두 가지 과정을
맡습니다. " — 키질석굴 연구원 인터뷰 중에서

립싱크
가무단

한때 쿠처는 서역 최고의 불교 왕국이었지만 지금은 인구 40만 명이 조금 넘는 작은(?) 현에 불과하다. 아랍어와 한자가 나란히 쓰여 있는 간판과 푸른 눈의 위구르인과 한족이 뒤섞인 거리에서 자치구만의 미묘한 기운이 느껴졌다.

이곳에는 쿠처가무단의 공연을 보러 왔다. 쿠처 악기에 관해서라면, 당 현종도 쿠처의 타악기인 갈고의 명수였고 고구려와 신라에도 전래되었다고 할 만큼 유명하다. 그래서 일반 관객을 위한 공연이 아니라 촬영을 위해 마련한 자리였지만 기대가 컸다. 정식 공연은 아니지만 일반 공연와 똑같이 무용수와 연주자들은 의상을 갖춰 입었고 화장도 완벽했다. 그런데 공연이 시작되자 어째 이상했다. 녹음된 음악이 나왔고 연주자들은 그저 연주하는 시늉만 했다. 더구나 춤도 잘 맞지 않았다.

쿠처가무단의 립싱크(?) 공연

물끄러미 차 감독을 쳐다보니 그럴 수 있다는 표정이었다. 작은 현에서 운영하는 가무단에게 경쟁 상대가 있을 리 없으니 단원들에게 치열함을 바라는 건 애초부터 무리라는 뜻이리라. 촬영을 마친 뒤 가무단은 저녁에 외부 행사가 있다며 황급히 공연장을 떠났다. 행사장에서는 어떨지 궁금했다. 호텔로 돌아오면서 부디 우리가 보았던 것처럼 맥 빠지는 공연을 되풀이하지 않기를 바랐다.

muqam players
in kuqa

市立司文舞团

당현종도 쿠처의 타악기 갈고의 명수였고 쿠처악기는 고구려와 신라에도 전래되었다.

웃자고 시작해서
죽자며 달려드는 동네 상남자들

이란에 폴로가 있다면 신장 위구르에는 콕파르 타르투가 있다. 폴로가 나무 공을 쓴다면 콕파르 타르투는 죽은 양을 쓴다. 명절이나 마을에 기쁜 일이 생기면 경기를 한다. 꼭 그런 특별한 날이 아니더라도 추운 겨울 동안 심심함도 달래고 체력 단련도 할 겸 경기를 하기도 한다.

얼어붙은 밭에 동네 상남자들이 말을 타고 하나둘씩 모였다. 경기에 쓰일 양은 10분 뒤 자신에게 벌어질 잔인한 운명도 모른 채 트럭 뒤에 묶여 허연 입김을 뿜어댔다. 구경꾼들이 모이고 몸을 푼 말에서 뜨거운 김이 피어올랐다. 남자들이 양의 다리를 붙잡아 번쩍 들어올려 배수로로 옮겼고 짧고 날카로운 칼로 재빨리 목을 그었다. 피를 빼고 내장을 꺼낸 뒤 대가리를 떼어내고 철사로 여몄다. 규칙은 간단했다. 죽은 산양을 경기장 한가운데 던져놓고 양을 먼저 잡아 반대편 경기장까지 달리면 끝이었다. 양을 빼앗을 수는 있지만 사람이나 말을 잡으면 안 된다. 오직 양만 잡을 수 있다. 경기가 끝나면 양은 승자의 몫이다. 염소나 다른 동물은 고기가 연해 쉽게 찢어지기 때문에 꼭 산양만 쓴다고 한다.

대가리 없는 산양이 밭 한가운데 놓이자 상남자들을 태운 말들이 흙먼지를 일으키며 일제히 달려들었다. 경기가 격렬해질수록 양은 이리 구르고 저리 굴렀다. 가끔 말굽에 밟히기도 했다. 이럴수록 고기가 연해져 먹기 좋아진다고 했다. 양은 마을 사람들에게 없어서는 안 될 양식이자 재산이며 생활 그 자체다. 양고기로 만든 음식이 하루 한두 끼는 꼭 식탁에 올라온다. 그들의 표현을 빌리자면 '양들에게 감사하는 마음을 담아' 경기를 치른다고 했다.

콕파르 타르투에 쓰인 양. 굉장히 무겁다.

kokpar tar

록파르 타르투. 명절이나 마을에 기쁜 일이 생기면 마상경기가 열린다. 굳이 그런 날이 아니라도 농사를 마치고 추운 겨울이 다가오면 심심함도 달래고 체력단련을 위해서 경기를 한다. 규칙은 간단하다. 죽은 산양을 경기장 가운데 던져놓고 말을 타고 달려가 먼저 잡아 반대편 경기장까지 달려가면 끝이다. 중간에 다른 선수들은 양을 빼앗을 수 있는데 사람이나 말을 잡으면 안 된다. 오직 양만 잡을 수 있다. 양은 경기하기 전에 살아있는 녀석을 예리한 칼로 잡는다. 능숙한 솜씨로 목을 가르고 피를 빼낸다. 내장을 꺼낸 뒤 다리를 떼어내고 철사로 여민다. 경기가 끝나면 양은 승자의 몫이 된다. 염소나 다른 동물은 고기가 연해서 쉽게 찢어져서 꼭 산양만 쓴다. 격렬한 경기가 계속될수록 양은 이리 구르고 저리 구른다. 가끔 말굽에 밟히기도 한다. 이럴수록 양고기가 연해져 먹기 좋아진다고 한다. 양은 마을 사람들에게 없어서는 안 될 양식이자 재산이며 생활 그 자체다. 매끼 양고기로 만든 음식 한두 개는 꼭 식탁에 올라온다. 그들의 표현을 빌자면 '양들에게 감사한 마음을 담아' 경기를 치른다고 했다.

신장위구르는 1955년 중국에 의해 '해방'되었다. 자치구 주도인 우루무치에는 실탄을 채운 무장한 경찰들이 돌아다닌다. 골목 안에는 보이지 않는 군인과 경찰들이 혹시 있을지 모를 사태에 대비해 잔뜩 웅크리고 있다. 취재비자로 온 터라 5성급 호텔에 재워주며 비싼 식사까지 챙겨주었지만 자유롭게 만나고 촬영할 권리는 조용히 거두어 갔다. 위구르에서 무캄 연주자들과 악기장인 식당의 종업원들을 비한 자(?)으로 만났다. 하나같이 중국어를 못하거나 간단히 의사표현만 할 줄 알았다. 오직 공무원들만 중국어를 해서 '우리말로 묻는다 → 코디가 중국어로 번역한다 → 공무원이 위구르어로 번역한다' 그리고 다시 거꾸로 번역하는 과정을 겪어야만 했다. 해방된 위구르의 모습이었다.

적어도 내가 겪어볼

억센 손으로 들어 올린 양을 다리 사이에 단단히 낀 채 도망가면 나머지 남자들은 미친 듯이 그 뒤를 쫓았다. 말 한 마리가 심하게 흥분했는지 아니면 고삐를 제때 당기지 못했는지 두렁에 서 있던 사람들에게 달려들었다. 미처 도망치지 못한 여자 김 피디는 재빨리 두렁 아래로 몸을 던져 가까스로 피했다. 흙투성이가 된 피디가 몸을 일으키며 젊었을 때는 더 빨랐다며 너스레를 떨었다. 여행이나 촬영이나 늘 안전이 먼저다. 심하다 싶을 만큼 조심해도 부족하다. 목숨을 걸 만큼 중요한 일은 없다. 하마터면 큰일 날 뻔했다.

꼬마를 태운 말을 꼬마가 이끄는 모습이 눈에 들어와 그림으로 남겼다.
자세히 보니 신발을 왼쪽 오른쪽 바꿔 신었다. 어릴때는 그게 왜 그리 힘들었는지

따뜻한 남쪽 나라
츠저우

감시가 심했던 신장 위구르 자치구를 떠난다고 하니 숨통이 트이는 것 같아 좋았는데 가만히 보니 공무원들이 더 좋아하는 눈치였다. 신장 위구르는 1955년 중국에 의해 해방되었(다고 한)다. 해방을 시켰다고 주장하는 중국의 입장에서 봤을 때나 자치구지, 직접 다녀보니 식민지나 다름없었다. 이제 자치구에서 벗어났고 돈 스파이크도 없고 마음껏 돌아다녀도 괜찮다고 생각하니 속이 다 시원했다.

신장 위구르 자치구 다음 일정은 안후이성 서남부의 소도시 츠저우시였다. 츠저우시까지 가는 길은 몹시 멀었다. 일단 쿠처에서 우루무치까지 비행기로 1시간 남짓 걸렸다. 그리고 우루무치에서 시안까지 2시간 넘게 걸렸고, 시안에서 츠저우까지 1시간 남짓 비행기를 또 타야 했다. 시안은 수와 당의 수도였으며 오랫동안 장안으로 불렸다. 시안의 진시황릉과 병마용은 놓칠 수 없는 볼거리다. 하지만 우리는 새벽에 시안에 도착해 고작 3시간을 머물렀을 뿐이다. 그것도 공항 안에만 있어서 밖으로 나가보지도 못했는데 다행히 공항 안 캡슐호텔에서 잠시나마 두 다리 쭉 뻗고 누울 수 있어서 그나마 위로가 되었다. 우루무치에서 저녁 6시에 출발했는데 다음 날 아침 9시가 되어서야 비로소 츠저우시에 도착했다.

우리를 태운 버스는 커다란 호수 사이를 멋지게 가로지르며 천천히 달렸다. 경치를 즐기기도 전에 나는 그만 따스한 햇살에 녹아내렸다. 쿠처나 우루무치에 비하니 츠저우는 봄날이었다. 덕분에 코까지 골면서 깊이 잠들었다.

清明時節雨紛紛
路上行人欲斷魂
借問酒家何處有
牧童遙指杏花村

청명절에 어지러이 비 내려
나그네 마음 흔들어 놓네
주막이 어디인가 물으니
목동은 살구꽃 핀 마을을 가리키네
杜牧 (두목), 清明 (청명)
· · · · ·

살구마을 원조 논쟁은 법원까지 갔다. 2010년 1심에서 두목 시에 묘사된
행화촌은 하나에서 둘이 되었다. 술은 산시, 관광은 안후이성에 독점권이
있는 것으로 판결이 났다고. 중국에서 고전시가 이렇게 짭짤하다는
반증인 셈.

간쑤이성 서남부 츠저우시 (池州市)까지 오는 길은 몹시 멀었다. 쿠처에서 우루무치까지 비행기로 1시간 남짓 걸렸다. 우루무치에서 시안까지 2시간 넘게 걸렸고 시안에서 츠저우까지 1시간 남짓 비행기를 또 타야했다. 저녁6시에 출발해서 다음날 아침 9시가 넘어서야 도착할 수 있었다. 그나마 시안공항 캡슐방에서 3시간 정도 누워잘 수 있어서 다행이었다. 게다가 츠저우는 쿠처나 우루무치에 비하면 봄날이었다. 버스를 타고 커다란 호수 사이를 가로지르는 사이 멋진경치를 즐기기도 전에 따스한 햇살에 속절없이 녹아내렸다. 코까지 골면서 잠들었다.

츠저우는 국가가 지정한 생태도시로 산과 호수 맑은 물과 깨끗한 공기가 일품이었다. 3월에는 살구꽃, 4월에는 복숭아꽃이 흐드러지게 피어난다. 사람들은 하나같이 피부가 깨끗하고 활발하면서 소박하다. (하지만 명품사랑은 여기도 예외가 아닌듯) 중국의 시성 두보가 이곳 살구마을을 배경으로 시를 남겼다며 함께 온 공무원은 자랑이 이만저만 아니었다. 내년 봄에 꽃놀이하면서 휴가를 즐기러 꼭 다시오라기에 '초대해' 주시면 집채만한 복숭아꽃을 그려드리겠다며 응수했다.

박2일동안 짧게 둘러 보았지만 중국도시에 대한 선입견, 이를테면 시멘트빛 하늘, 휴먼스케일은 가볍게 무시한 거대한 주택들과 쇼핑몰, 차와 사람들이 뒤엉킨 골목, 거기다가 넘쳐나는 사람들을 가볍게 뛰어넘었다. 굳이 초대받지 않더라도 꿋꿋하게 다시 둘러보고 싶다.

태화장씨(太和章氏) 종사에 들러 나희무를 보았다. 호인가면을 쓴 두사람이 등장해서 술마시고 취하고 뒤엉키다가 칼싸움까지 벌이다가 끝내 화해하는 훈훈한 내용이었다. 창시절 멀리 서역에서 건너 온 이민족들과 화해를 뜻한다니 7~8세기 중국은 지금보다 어떤면에서는 더 개방적이지 않나 싶었다. 탈로 묘사한 서역사람인 호인은 피부색이 진하고 눈이 부리부리하며 콧대가 높았다. 신라 괘릉에 서 있는 무인상, 처용무의 처용가면과 몹시 비슷했다. 평생 이 동네에 살면서 나희무를 지켜온 80대 할아버지의 웃음 띤 얼굴은 선하기 그지없었다. 피부는 역시 깨끗하였다.

츠저우는 국가가 지정한 생태 도시로 산과 호수, 맑은 물과 깨끗한 공기가 일품이었다. 3월에는 살구꽃, 4월에는 복숭아 꽃이 흐드러지게 피어난다. 남녀노소 할 것 없이 피부가 깨끗하고 활발하며 소박했다. 중국의 시인 두목이 이곳 살구 마을을 배경으로 시를 남겼다며 공무원들 자랑이 이만저만이 아니었다. 실제로 두목은 당나라 말기의 위대한 시인으로 작은 두보란 의미에서 '소두'라 불릴 정도로 명문으로 유명하다. 그리고 두목의 〈청명〉이란 시는 중국의 살구마을 원조 논쟁에서 큰 역할을 했다.

淸明청명

淸明時節雨紛紛청명시절우분분
路上行人欲斷魂노상행인욕단혼
借問酒家何處有차문주가하처유
牧童遙指杏花村목동요지행화촌

청명절에 어지러이 비 내려
나그네 마음 흔들어놓네
주막이 어디인가 물으니
목동은 살구꽃 핀 마을을 가리키네

살구마을 원조 논쟁은 법원까지 갔다고 한다. 2010년 1심에
서 두목의 시에 묘사된 행화촌은 하나에서 둘이 되었다. 술은
산시, 관광은 안후이성이 독점권을 가지는 것으로 판결이 났
다고 하니 중국에서 고전 시가 이렇게 짭짤한 역할을 한다는
반증인 셈이다.

츠저우 작은 마을로 흐르는 깨끗한 시내

아무튼 츠저우시의 공무원들이 내년 봄에 꽃놀이하러 다시 오라고 하기에 초대만 해주신다면 집채만 한 복숭아꽃을 그려드리겠다고 응수했다.

1박 2일 동안 짧게 둘러보았지만 츠저우시는 중국의 도시에 대한 선입견을 내 머릿속에서 없애기에 충분했다. 시멘트 빛깔의 외벽, 휴먼 스케일(건축 용어인데, 사람이 다니거나 살기에 편안한 크기와 높이의 공간을 뜻한다)을 무시한 거대한 주택과 쇼핑몰, 차와 사람들이 뒤엉킨 골목, 탁한 공기, 넘쳐나는 사람들에 대한 이미지를 가볍게 뛰어넘었다… 초대받지 못하더라도 꼭 다시 찾고 싶은 곳이다.

KBS 촬영팀과 취재 비자로 다니다 보니 현지 공무원들의 관심이 이만저만 아니었다. 츠저우에서도 마찬가지였다. 그들은 아름다운 풍경과 따뜻한 날씨만큼 부드럽고 온화했다. 신장 위구르에서 잔뜩 얼어붙었던 마음이 사르르 녹아내렸다.

함께 점심과 저녁을 먹었는데 저녁에는 그들이 고량주를 가져왔다. 중국에서는 커다란 탁자에 둘러앉아 원판을 돌려가며 음식을 나눠 먹는다. 방 안쪽 가운데에 호스트가 앉는데 한마디로 돈 내는 자리다. 요즘에는 공무원 관리가 엄격해 접대를 하거나 받으면 처벌이 무척 세다고 했다. 그래서인지 지역 전통주를 홍보하려고 우리한테 술을 권해도 그들은 물만 홀짝거렸다. 우리나라 중국집에서 마시던 고량주보다 포장도 화려하고 병도 예뻤고 가격도 저렴했다. 술은 앞에 놓인 작고 투명한 술병에 따른 다음 귀여운 잔에 나눠 마셨기 때문에 각자 주량껏 마실 수 있었다. 술맛 또한 깔끔했다.

고량주를 마시다 기막힌 사업 아이템이 떠올랐다. 중국에는 23개의 성과 5개의 자치구가 있다. 지역마다 특산 고량주가 있으며 그에 얽힌 뒷이야기도 많다. 그렇다면 지역별 고량주를 한데 모아 '고량바'를 열어보면 어떨까. 바텐더가 벽 뒤에 가득한 고량주를 손님 취향에 맞춰 골라준다. 작은 병에 술을 따라주고 재미난 뒷이야기과 함께 궁합이 맞는 음식까지 추천해준다면 대박이 나지 않을까. 안주도 스페인 음식 타파스처럼 조금씩 골라 먹을 수 있다면 혼자 온 손님도 고량주를 즐길 수 있지 않을까. 누구든 해보시고 나중에 자유 이용권(?)만 주시면 됩니다.

고량주를 개인별로 나누는 작은 병   개인용 작은 잔

아마추어의
덕목에 대하여

츠저우 시내에서 약 1시간을 달려 태화 장씨太和章氏 종사에 들렀다. 나희儺戱 춤을 보기 위해서였다. 집안 대대로 내려오는 춤인데 정월 대보름에만 공연을 한다고 한다. 마을 사람들은 물론 일부러 멀리서 보러 올 만큼 인기가 좋았다. 오늘은 촬영을 위해 특별히 시범을 보여주었다.

호인 가면을 쓴 두 사람이 등장해 술 마시고 뒤엉키며 칼싸움까지 하다 끝내 화해하는 훈훈한 내용이었다. 서역 사람을 묘사한 호인 가면은 피부가 진하고 눈이 부리부리하며 콧날이 높았다. 경주 괘릉에 있는 무인상이나 처용 가면과 무척 닮았다.

나희 춤은 당나라 때부터 내려온 춤으로 이민족과의 화해를 다루고 있다. 당 시절 멀리 서역에서 건너온 이민족들과 화해하는 걸 춤으로 만들다니 7, 8세기 중국은 어떤 면에서 지금보다 훨씬 개방적이었나 보다. 역사가 깊고 의미도 있었지만 전문 예술가가 아닌 동네 사람들끼리 짬짬이 연습해서 그런지 아무래도 엉성했다. 사설을 읊는 분은 나이가 너무 많아 공연하다가 쓰러지지 않을까 걱정되었다. 하지만 평생 한 동네에 살며 나희 춤을 지켜온 어르신의 웃음 가득한 얼굴은 착하기 그지없었다. 그는 할아버지한테 자연스럽게 물려받은 거라며 겸손하게 대답했다. 꼭 잘해야 멋지고 귀한 게 아니었다. 언제부터 최고로 잘해야 먹고살며 프로페셔널만 대접받는 세상이 되었는지 모르겠다. 중국 시골 마을의 어르신은 잊고 있었던 아마추어의 덕목을 다시금 일깨워주었다.

평생 한동네에 살며 나희무를 지켜온 어르신들과 함께

儺戲

胡人面具

살아 춤추는
도용을 만나다

츠저우에서 미니버스를 타고 3시간을 달려 허페이시에 도착했다. 허페이 남역에서 허난성 정저우시까지는 기차를 탔다. 기차역은 무척 크고 깨끗했고, 티켓은 대부분 무인 판매대에서 구매하는 시스템으로 운영되고 있었다. 열차 내부도 KTX보다 넓고 쾌적했다.

중국의 기차 노선도

나는 기차 덕후로 시베리아 횡단 열차, 베이징~울란바토르 횡단 열차, 일본 규슈, 시코쿠, 홋카이도 기차 여행을 다녀왔다. 역에 붙은 중국 기차 노선을 보니 마음이 벌렁거렸다. 3시간 반을 달려 정저우에 도착하였다. 따뜻한 날씨와 깨끗한 공기, 맑은 호수로 가득한 소도시 츠저우와 전혀 달랐다. 커다란 빌딩들과 탁한 공기로 가득했다. 오자마자 츠저우로 되돌아가고 싶었다. 통영에 살면서 서울 올 때마다 가슴이 답답했는데 비슷한 기분이 들었다. 재빨리 마스크를 썼다.

다음 날 허난박물관에 들렀다. 허난박물관 소속 연주단인 '화하고악단'을 만났다. 이들은 토용이나 발굴된 자료를 바탕으로 고음악을 복원한다고 한다. 비파, 쟁, 디쯔, 샤오, 편종, 공후 등 당대의 악기와 복식을 복원해 실제로 연주하였다. 앳돼보이는 무용수는 박력 있게 호인무를 재현했다.

박물관에서는 특별히 수장고에 보관된 진품을 꺼내 보여주었다. 595년 수나라 때 만들어진 토용인데 1950년대 인근 모래 채취장에서 발견됐다. 표지석이 남아 정확한 연대를 알 수 있었다. 그 당시 머리 스타일과 의상, 악기까지 고스란히 남아 있었다. 연주하는 모습을 현장에서 그렸다. 호인무 의상의 바지가 마음에 들어 비슷한 느낌으로 배경을 채웠다.

※绘坐部陶伎乐女俑

95이년대 모래처리취장에서 발견된 토용.
95년 수나라 때 만들어졌다. 그당시 머리 스타일과
1상, 악기까지 고스란히 남아 있어 고음악을 재현하는데
X어서는 안 될 귀중한 자료다.

2쪽은 「화하고악단」. 하남박물원 소속 연주단으로 고음악을 복원, 연주한다.

华夏古乐团 胡人舞

옛 의상을 입은 화하고악단 무용수

결코
울지 않는 아이

그다음 일정은 우차오현에 있는 기예 학교를 방문하는 것이었다. 잘 알려져 있는 것처럼 중국 기예(서커스)는 세계적인 수준을 자랑한다. 기예는 지금의 이란인 파르티아에서 전해졌다는 기록이 남아 있다.

> "곡예가 중국에 들어온 것은 당연히 장건張騫이 실크로드를 개척한 이후였습니다. 사서에는 한나라 무제의 사신이 파르티아 땅에 들어가 왕의 융숭한 대접을 받고 돌아오는 길에 그 나라의 사절이 함께 왔는데, 그 사절이 무제에게 타조 알과 알렉산드리아에서 온 곡예사를 바쳤다는 기록이 나옵니다. 이것이 공식적으로 중국에 곡예가 들어온 최초의 일입니다."
>
> 김영종, 《실크로드, 길 위의 역사와 사람들》 중에서

정저우에서 버스로 여섯 시간 넘게 달려 우차오현에 도착했다. 자정을 넘기면 대형차는 고속도로를 이용할 수 없었다. 무리한 운전으로 일어나는 대형 사고를 막으려는 교육지책이었다. 다행히 자정이 되기 전에 아슬아슬하게 고속도로를 빠져나왔다.

다음 날 아침 하북오교잡기예술학교에 들렀다. 전문적으로 기예를 가르치는 유명한 학교였다. 가는 길 곳곳에 항아리를 머리에 인 석상이나 서커스를 하는 모습을 그린 벽화를 어렵지 않게 볼 수 있었다. 이 학교는 국립학교로, 한국으로 보자면 초등학생부터 중학생 정도의 연령층 아이들이 입학한다.

입학하기 전에 기예 실력보다는 기예를 얼마나 좋아하는지 먼저 확인한다고 한다. '좋아하면 오래 버틸 수 있고 오래 버티다 보면 잘할 수 있다.' 내가 늘 입버릇처럼 하는 말인데 여기서 다시 확인했다.

잘하는 아이들은 졸업하면서 바로 스카웃되어 프로로 활동한다. 프로가 되기 위해서는 어릴 때부터 사람의 몸으로는 불가능해보이는 기예를 익히며 몸이 아프도록 연습을 거듭한다. 아이들이 수업하는 모습을 직접 보았다. 군무를 연습하는데 한 아이가 접시를 돌리며 다른 동료 어깨 위에 오르다 떨어졌다. 무척 심하게 떨어졌는데도 이를 악물며 참아냈다. 지켜보던 선생님은 아무 말도 하지 않았을 뿐 아니라 표정 하나 바뀌지 않았다. 함께 지켜보던 차 감독이 되레 '어떡해, 어떡해' 하며 안절부절못했다. 고통스럽게 몸으로 배워본 사람만이 느끼는 아픔이었다. 그 와중에 장난기 가득한 아이들은 우리들이 신기한지 힐끗거리며 웃음을 참지 못했다.

하북오교잡기예술학교 수업 모습

곡예가 중국에 들어온 것은 당연히 장건이 실크로드를 개척한 이후였습니다.
사서에는 한나라 무제의 사신이 파르티아 땅에 들어가 왕의 융숭한 대접을
받고 돌아오는 길에 그 나라의 사절이 함께 왔는데, 그 사절이 무제에게
타조알과 알렉산드리아에서 온 곡예사를 바쳤다는 기록이 나옵니다.
이것이 공식적으로 중국에 곡예가 들어온 최초의 일입니다.
〈길 위의 역사와 사랑들〉 중에서

수업이 끝나자 연습하던 아이들이 모여 선생님에게 깍듯하게 인사했다. 표정이 어째 지나치게 밝다 싶었는데 점심시간이었다. 영락없는 아이들 모습이라 왠지 마음이 놓였다.

신장을 넘으면 중앙아시아다. 국가명이 스탄으로 끝나는 곳들이다. 페르시아와 중국 사이에서 소그드인이 활약하던 풍요로운 땅이다. 여행을 떠나기 전까지는 가보고 싶은 마음이 전혀 없었다. 그러나 지금은 다르다. 떠나고 싶다. 더 멀리 갈 수 있는 데까지 가보고 싶다. 낡은 캠퍼밴을 사서 흙먼지를 일으키며 천천히, 천천히 길을 따라가고 싶다.

> "마르코 폴로가 세계를 보았던 '거리', 이 눈은 유럽에 근대를 가져다준 3원소, 르네상스, 종교개혁, 지리상의 발견을 가능케 한 인식상의 주역입니다."
>
> 김영종,《실크로드, 길 위의 역사와 사람들》중에서

하북오교잡기예술학교는 국립학교로 우리나라로 치면 초등학교부터 중학교에 다닐 아이들이 입학한다. 입학하기 전에 가장 먼저 체크하는 건 자신이 얼마나 기예를 좋아하는지 여부다. 재능보다 중요한 건 좋아하는 거란 사실을 여기서 확인한다. '좋아하면 오래 버틸 수 있고 오래 버티면 잘 할 수 있다.' 잘하는 아이들은 졸업과 동시에 스카웃되어 프로로 활동한다고. 어릴때부터 불가능해 보이는 기예를 익히며 몸을 아프도록 쓰면서 경쟁한다. 그래서인지 접시를 돌리며 다른 동료 어깨 위에 오르다가 떨어진 아이는 심하게 넘어졌는데도 오히려 이를 악물며 참아낸다. 옆에서 지켜보던 선생님도 아무말 하지 않는다. 표정하나 바뀌지 않는다. 지켜보던 차 감독은 '어떻게 어떻게' 하며 안절부절 못한다. 이 와중에서 장난기 어린 친구들은 낯선 우리들을 보며 힐끗힐끗. 웃음을 참지 못한다. 수업을 마치자 선생님께 깍듯이 인사를 건넨다. 표정이 어쩌 지나치게 밝다 싶었는데 아니나 다를까 점심시간이었다. 영락없는 아이들이었다. 왠지 마음이 놓였다.

신장을 넘으면 중앙아시아, …스탄이 붙은 나라들이다. 페르시아와 중국 사이에서 소그드인이 활약하던 풍요로운 땅이다. 여행을 떠나기 전까지 가보고 싶다는 마음은 하나도 없었다. 하지만 지금은 다르다. 떠나고 싶다. 더 멀리 갈 수 있는 데까지 가보고 싶다. 낡은 캠퍼밴을 사서 길을 따라 흙먼지를 일으키며 천천히 따라가고 싶다.

마르코 폴로가 세계를 보았던 '거리', 이 눈은 유럽에 근대를 가져다준 3원소, 르네상스, 종교개혁, 지리상의 발견을 가능케 한 인식상의 주역입니다.

<길 위의 역사와 사람들. 실크로드 7 중에서

KOREAN AIR ECONOMY BOARDING PASS

一次飞行 十分关爱
尊敬的旅客，您每乘坐一次南航航班，
南航就抽出 10分 钱捐入南航"一
分 关爱基金，用于关爱公益事业。

航班 FLIGHT CZ6025
日期 DATE 11DEC18
姓名 NAME CHANG/SUKWON
舱位等级 CLASS
到达站 DESTN. URC
座位 SEAT 46J
序号 No. 085

关爱南航
尽享便捷服务

中国南方航空 CHINA SOUTHERN

航班 FLIGHT CZ6025
到达站 DESTN. 乌鲁木齐 URUMQI
日期 DATE 11DEC18
姓名 NAME

厦门航空 XIAMENAIR

登机口 GATE 50
登机时间 BOARDING TIME

新疆机场集团公司
XINJIANG AIRPORT GROUP CO., LTD.

96556

航班号 FLIGHT GS7561
登机口 GATE 6
登机时间 BOARDING TIME 1410
座位号 SEAT 5A

登机口可能变更
请您注意广播或
登机口提示信息

请勿折叠
DO NOT FOLD

姓名 NAME CHANG/SUKWON
日期 DATE 13DEC
舱位 CLASS E
到达站 DESTN. 库车 KUQA 032
NTM43589398
ETKT 8263400704420/1

重要提示：请留意登机口临时变更信息，登机口于航班起飞前15分钟关闭。
NOTICE:PLEASE NOTE THE ALTERATION OF YOUR BOARDING GATE.GATES WILL BE CLOSED 15 MINUTES BEFORE DEPARTURE.

NAME CHANG/SUKWON MR
FROM SEOUL/GIMPO
BEIJING
DATE 11DEC18 E
SEAT 39D FLIGHT KE 851
登机牌 BOARDING PASS

이
란

IRAN

이란 무식자,
테헤란에 도착하다

두바이를 거쳐 테헤란으로 가는 비행기를 탔다. 승객은 처참할 만큼 적었다. 승무원은 아무 데나 편하게 앉으라고 손짓했다. 이란 항공사라 기내식이 조금 다르지 않을까 기대했다. 하지만 기억도 나지 않을 만큼 완벽하게 평범했다. 색다른 기내식을 원한다면 어느 나라 항공사를 이용하느냐보다 어떤 등급을 타느냐가 훨씬 중요한 듯하다.

도착을 앞두고 기내 여기저기서 머리를 매만지느라 부산스러웠다. 맨머리여서 이란 여성이 아닌 줄 알았는데 여성 승객 대부분이 느릿느릿 마뜩잖은 얼굴로 히잡을 둘렀다. 아무리 좋거나 옳은 일이라도 남이 시키면 하기 싫은 법이다. 내가 사는 통영에서 장을 보다 보면 가게 주인들이 생선 몇 마리 알아서 더 챙겨주려다가도 더 달라고 하면 도로 내려놓는다. 사람 마음이 그렇다. 모든 이란 여성들이 히잡을 당연히 여기지는 않는다는 걸 두 눈으로 확인했다. 차 감독도 서툰 솜씨로 스카프를 둘렀다. 외국인 여성도 이란에 입국하려면 예외 없이 히잡을 써야만 했다.

두바이를 거쳐 테헤란으로 가는 비행기를 탔다. 키에 비해 승객은 처참할 만큼 적었다. 승무원은 괜히 미안한지 먼저 아무데나 편하게 앉으라고 손짓했다. 도착을 앞두자 여기저기서 머리를 만지고 히잡을 두르기 시작했다. 아무리 옳거나 좋아도 신념때문에 해야하는 일이라도 누가 시켜서 하면 하기 싫어지는 법이다. 서비스로 더 주려다가고 '더 주세요'라고 거들면 집었던 걸 도로 내려놓는 통영에 살다보니 더욱 수긍이 간다.

테헤란은 매콤하고 바싹 말라있었다. 하지만 기분 나쁜 냄새는 없었다. 공항에서 시내까지 첫인상은 결코 나쁘지 않았다. 정확하게 말하자면 뭐야. 예상했던 것과 딴판이었다. 사람들은 점잖았고 도시는 차분했고 깨끗했다. 도시 곳곳 건물에는 전몰영웅과 종교지도자를 그린 벽화가 눈에 띄었다. 강렬한 메세지를 의도적으로 담아낸 꽤나 피곤한 작품인데도 배색은 부드러운 파스텔 톤에 가까웠다. 예쁘게 꾸미고 싶은 욕구를 감채울수는 없는 모양이다.

이란호텔이라는 게스트 하우스는 여행내내 베이스캠프 노릇을 했다. 한국여자와 이란남자 부부가 운영하는데 한식이 맛있기로 소문나서 일때문에 테헤란에 머무르는 한국 사람들이 자주 찾는다. 아침은 근사했다. 매콤하게 끓인 배추된장국 (소시지와 두부, 김치를 넣어 끓인 부대찌개?), 호박전, 무 말랭이 모두 입에 잘 맞았다. 주방은 모두 남자들이었는데 일회용 망사포를 두르고 깨끗하게 조리했다. (인도와는 사뭇 달랐다.) 게스트하우스는 테헤란 북부에 있는데 멀리 알부르즈 산맥이 보였다. 10월 말인데 산 정상은 벌써 눈으로 하얗게 덮혀 있었다. 히트텍이 고마울 만큼 새벽공기는 차가웠다.

깨끗한 거리. 악내 대신 향수 냄새를 풍기는 점잖은 남자들. 결코 덥지 않은 날씨. 꽤 익숙한 한식까지. 내가 기대했던 테헤란과 이란하고는 너무 많이 달랐다. 이란에서 20년을 산 쿠라는 세 단어로 묘사했다.

' 느림. 과일. 착함 '

테헤란은 생각보다 춥고 건조했다. 중동은 다 더울 거라고 생각했는데 역시 무식했다. 공항에서 시내까지 가는 길에 대한 첫인상은 나쁘지 않았다. 거리는 깨끗했고 기분 나쁜 냄새도 없었다. 시내로 들어서자 전몰 영웅과 종교 지도자들을 그린 벽화가 자주 눈에 띄었다. 강렬한 메시지를 의도적으로 담아낸 꽤나 피곤한 작품인데도 배색은 부드러운 파스텔 톤으로 마무리했다. 예쁘게 꾸미고 싶은 인간의 기본적인 욕구는 쉽게 사라지지 않는가 보다.

테헤란 북부에 있는 게스트하우스 '이란 호텔'에서 묵었다. 한국 여자와 이란 남자 부부가 운영하는데 한식이 맛있기로 소문난 집이었다. 일 때문에 테헤란에 머무르는 한국 사람들이 주로 묵는다고 한다. 아침밥은 정말 근사했다. 매콤하게 끓인 배추 된장국, 소시지와 두부를 넣고 끓인 부대찌개, 호박전, 무말랭이까지 모두 입에 잘 맞았다. 주방은 이란 남자 차지였는데 일회용 망사포를 두르고 깨끗하게 조리했다.

1   이란산 석류

2   과일 천국 이란

게스트하우스에서 멀리 엘부르즈산맥이 보였다. 10월 말인데도 산꼭대기는 눈으로 덮여 있었다. 히트텍이 고마울 만큼 새벽 공기는 차가웠다.

깨끗한 거리, 암내 대신 장미수 향기를 풍기는 남자들, 추운 날씨, 입에 맞는 한식까지. 예상과 달라도 너무 달랐다. 이란에서 20년을 산 코디네이터는 이란을 세 단어로 묘사했다.

'느림, 과일, 착함.'

느닷없는 환대에
당황하다

테헤란에서 첫 번째 공식 일정은 이란 음악가와의 만남이었다. 촬영을 위해 빌린 어느 학교로 찾아갔는데 조금 일찍 도착해 동네를 어슬렁거렸다. 그러다 빵 굽는 냄새에 이끌려 나도 모르게 빵집으로 향했다. 턱수염 때문에 다 비슷해보이는 이란 친구가 실밥이 주렁주렁 달린 두건을 두른 채 바게트를 굽고 있었다. 나를 보자 라쿤이라도 나타난 듯 신기하게 바라보았다. (나도 마찬가지였다네. 브로!)

우연히 들린 빵집에서 호의를 베푼 테헤란 브로

biscotti. alwaysfresh. in tehran

테헤란은 내게 바게트를 주었다. 이게 무슨 뜻인지 앞으로 어떤 일이 일어날지
그땐 미처 알지 못했다.

그러더니 갓 구운 바게트를 통째로 건냈다. 돈을 꺼내려고 하니까 괜찮다며 이건 선물로 주는 거란다. 난 아직 준 게 없는데 테헤란이 먼저 따끈한 바게트를 쥐어주었다. '이란, 생각보다 괜찮은데? 아니, 너무 좋은데?' 그는 웃는 얼굴로 인스타그램 주소를 조용히 적어주었다. @biscotti.alwaysfresh. 맞팔로우했다.

우린 심장이 마시는 피로
음악을 만듭니다

따끈한 바게트를 뜯어 먹으며 학교에 들렀다.

네이(이란 피리) 연주자 시어마케 자헌기리를 만났다. 그는 12살부터 연주를 했다고 한다. 요요마 & 실크로드 앙상블 멤버로 2008년 베이징 올림픽에서도 연주를 했던 실력파이다. 대단히 지적이며 깔끔한 인상이었다. 그는 네이를 입술 한쪽으로 낀 채 불었는데 그것이 제대로 된 연주법이라고 했다. "피리는 모든 나라에서 흔히 볼 수 있는 보편적인 악기예요. 숨결이 음악이 되는 악기라서 연주자의 인격과 정신세계까지 자연스럽게 담기죠." 인상만큼이나 설명도 군더더기 없이 깔끔하였다.

우드와 톰박 연주자도 함께 했다. 우드는 'oud'라 쓰는데 나무란 뜻으로, 이란에서는 가죽으로 만들기도 했다. 에스파냐로 건너가 기타가 되었고 중국에서는 비파로 발전하였다.

지금은 터키에서 만든 걸 쓰는데 생김새가 무척 아름다웠다. 톰박은 손가락으로 두드리는 전통 타악기인데 '톰'은 가죽, '박'은 나무를 두드리는 소리를 표현한 의성어이다. 두 소리를 합쳐 톰박이라고 부른다. 우리말로 하면 '쿵딱'이라고 할까. 세 명이 조용히 합주를 시작했는데 낯설지만 진지했다.

이란 음악에 무지한 내겐 연주 그 자체보다 연주하는 모습이 더 아름답게 보였다. 짧은 연주를 마치고 톰박을 연주하는 베흐저드 일저이가 이란에서 음악을 한다는 게 무슨 뜻인지 알려주었다. "이란에서 음악은 정치적인 이유로 무려 3, 400년 동안 금지되었죠. 지금도 상황은 크게 다르지 않아요. 모든 이란의 음악가는 투쟁가입니다. 피눈물이 음악가를 만들었습니다." 그가 말한 피눈물을 그대로 옮기면 '심장이 마시는 피'였다.

'심장이 마시는 피'로 연주하다.

시어마케 사헌기리를 만나 함께 연주하는 연주자의 음악을 들었다.
그는 요요마 실크로드 앙상블멤버로 2008년 베이징 올림픽에서도
연주한 실력파 음악가다. 첫인상은 대단히 지적이고 매끈했다.
입술 한쪽에 끼듯 네이를 불었는데 제대로 된 연주법이라고 했다.
톰박을 연주하는 베호저드 밀져어는 이란에서 음악을 한다는 것에 대해
'이란에서 음악은 정치적인 이유로 3~400년간 금지되었다. 지금도
상황은 크게 다르지 않다. 모든 이란의 음악가는 투쟁가이다. 피눈물이
음악가를 만들었다'고 대답했다.
(피눈물을 직역하면 '심장이 마시는 피'였다.)

oud 우드
hamid khansari
하밋 한사리

" 우드는 '나무'란 뜻입니다. 이란에서는 원래
가죽으로 만들었지요.. 우드는 에스파냐로
건너가 기타가 되었고 중국에서는
비파로 발전했습니다. 매우 아름다운
악기입니다. "

"피리는 모든 나라에서 흔히 불수있는
보편적인 악기입니다. 숨결이 음악이
되는 악기라서 연주자의 인격과
정신세계까지 자연스럽게 담기죠."

ney 네이
siamak jahangiry
시어마케 자헌기리

tombak 톰박
behzaed mirzayi
베흐저드 멀저이

'톰'은 가죽, '박'은 나무를
두드리는 소리로 두 가지를 합쳐
톰박이라는 이름이 되었습니다.
(우리말로 하면 쿵딱인가요) "

아! 이런, 이란.
폴로

이란의 국기國技인 폴로를 눈앞에서 보았다. 테헤란 외곽에 자리한 경기장은 커다란 잔디밭이었다. 군데군데에서 스프링클러가 물을 뿌리고 무지개가 피어오르고 있었다. 무지개 너머로 멀리 엘부르즈산맥이 보였다.

폴로는 유네스코 지정 무형문화재로 이란에서 처음 시작되었다. 페르시아 대서사시인 '쿠쉬나메'에는 페르시아 왕자가 '바실라'라는 나라에서 왕과 함께 폴로를 즐기는 장면이 등장한다. 많은 전문가들이 '바실라'가 '신라'였을 거라 추정하고 있다. 우리나라에는 격구라는 이름으로 전해졌다.

polo

1

2

1 말은 못 타지만 스틱을 들고 한 컷

2 폴로 공을 선물로 받는 넉살 좋은 원일 감독

경기장은 축구장의 여섯 배 크기로 말들도 몇 번 빠르게 오가면 입에 거품을 물었다. 7분마다 한 번씩 말을 바꿨다. 여성 선수들도 함께 뛰었는데 남성 선수들 못지 않았다. 말과 선수들이 뒤엉켜 뛰는 걸 먼발치에서 바라보았다. 이번 다큐멘터리 촬영에서 춤은 차 감독, 음악은 원 감독 그리고 기예와 나머지(?)는 내 몫이었다. 계획대로라면 나는 말 고삐를 붙잡고 호쾌하게 달렸어야 했다. 적어도 타는 시늉이라도 내야 했지만 누구 하나 타보라는 말을 쉽사리 꺼내지 못했다. 그만큼 격렬하고 위험한 데다 무엇보다 비싼 말들을 다치게 할 순 없었기 때문이었다. 폴로는 올림픽 종목이었지만 역시 비싼 말들을 다치게 할 수 없다는 이유로 1936년부터 제외되었다. 현장에서 말을 그리는 일도 만만치 않았다. 진짜 말처럼 보이려면 뒷다리와 엉덩이를 잘 그려야 하는데 가만히 서 있어도 그리기 어렵다. 하물며 축구장 6배 크기의 경기장을 가로지르는 녀석들을 보고 제대로 그리는 건 거의 불가능했다. 말도 못 타고 그림도 못 그린 채 감탄만 하다 촬영이 끝났다. 분량이 나오지 않아 애타는 내 마음을 아는지 모르는지 붙임성 좋은 원 감독은 여성 폴로 선수와 유쾌하게 수다를 떨었다. 나중엔 폴로 공까지 선물받았다. 아, 이런.

이란의 국기인 폴로경기를 눈앞에서 보았다. 유네스코 지정 무형 문화재로 이란에서 처음 시작되었다. 경기장은 축구장 6배 크기로 말들도 몇 번 빠르게 오가면 입에 거품을 물었다. 원 감독은 여성 폴로 선수와 유쾌하게 수다를 떨었고 답례(?)로 폴로 공을 받았다.

한국인 여자와 이란 남자 부부가 운영하는 이란호텔 게스트하우스에 묵었다. 남편이 석류 에기스를 매우 착한 한국어 억양으로 소개했고 차 감독은 호쾌하게 20병을 질렀다. 한 병에 600ml 니까 스무 병이면 12킬로그램인데 어떻게 다 가져갈지 궁금했다. 하지만 다른 멤버들도 적게는 다섯, 많게는 열병을 주문해서 배송은 결국 우리 모두가 풀어야 할 과제가 되었다.

비행기를 타고 이란 동쪽 아프가니스탄 국경에서 불과 50킬로미터 떨어진 톨바테점으로 향했다. 우리 춤과 맥이 닿는 동작을 통해 실크로드 교류의 역사를 되짚어보기 위해서였다. 이슬람 애도 기간이라 대놓고 춤을 추거나 노래할 수 없었기에 동네분(톨바테점 김저방)에게 공연할 수 있는 은밀한 장소를 찾아달라고 부탁했다. 그는 도시에서 차로 30분 떨어진 카러밴 숙소유적을 안내했다. 400년전에 지어진 대상 숙소는 이제 아무도 찾지 않아 조용히 무너져내렸다. 길긴 풀이 박힌 흙벽들 사이에서 톨바테점 민속춤을 선보였다. 광목천을 꽃처럼 머리에 두르고 통넓은 흰 바지와 희색 와이셔츠에 검은 조끼를 걸치고 박력있게 춤을 추었다. 네 살짜리 꼬마도 한몫을 했다.

공연과 촬영이 모두 끝난뒤에도 그들은 쉽사리 자리를 떠나지 않았다. 따뜻한 차를 끓이고 사진을 찍고 또 찍었다. 저녁에 자기집에 들러 차 한잔 나누자며 우리를 초대했다. 이란에 터로프(체면) 문화가 있다는 걸 미리 알고 있었지만 진심까지 체면치레로 넘기는 어려웠다. 결국 저녁에 집에 찾아가 세타르타 다프 연주를 들었고 차를 함께 나누었다. 떠날 때에는 함께 해줘서 고맙다며 원 감독에게 시집을 선물했다. 쿠란과 함께 모든 집에 놓여있다는 하페스시집이었다. 관광객은 눈씻고 찾아도 볼수 없는 이곳에서 완벽한 손님으로 환대를 받았다. 이런 기분 참 오랜만이었다.

아프가니스탄 국경 마을에서
또 환대를 받다

비행기를 타고 이란 동부 토르바테잠으로 향했다. 아프가니스탄 국경에서 불과 50킬로미터 떨어진 작은 동네였다. 우리나라 춤과 맥락이 닿는 요소를 찾아내 춤과 음악, 더 나아가 무형문화가 어떻게 영향을 주고받았는지 되짚어보기 위해서였다. 가는 날이 장날인지 때마침 이슬람 애도 기간이었다. 공공장소에서 춤을 추거나 노래할 수 없었다. 토르바테잠 홍반장인 말레키에게 공연할 수 있는 은밀한(?) 장소를 찾아달라고 미리 부탁했다. 그는 시내에서 차로 30분 떨어진 '카라반사라이'라고 부르는 대상 숙소 유적으로 우리를 안내했다.

400년 전 흙벽돌로 지은 건물은 아무도 찾지 않아 조용히 무너져 내리는 중이었다. 질긴 풀을 엮어서 그 위에 흙을 붙인 벽의 무너진 틈으로 주민들이 모였다. 전통 복장을 입은

10대 소녀가 환영한다며 조그마한 꽃다발을 건넸다.

프리다 칼로를 닮은 무척 예쁜 소녀였다. 남자들은 광목천을 꽃처럼 머리에 두르고 흰 와이셔츠와 통 넓은 흰 바지 위에 검은 조끼를 걸쳐 입었다. 우리나라 풍물패가 연주하는 음악과 매우 비슷한 음악에 맞춰 박력 있게 춤을 추었다.

신에게 비를 내려달라고 기원하는 종교적인 춤에서 비롯되었다고 한다. 점프해서 한 바퀴 회전하는 동작이 무척 인상적이었다. 말레키의 네 살짜리 아들 홀리오도 똑같이 차려 입고 열심히 춤을 추었다. 우리나라였다면 방송에 출연할 정도의 실력이었다. 한바탕 공연이 끝나고 촬영까지 마친 후에도 함께 온 가족들은 자리를 떠나지 않고 따뜻한 차를 끓이고 달콤한 과자를 나누어 먹었다. 중간중간 우리와 사진을 찍는 것도 잊지 않았다.

es of torbat-e jam

마을로 돌아가는 길에 말레키는 저녁 먹고 집에서 차나 한 잔 하자며 우리를 초대했다. 이란에서 한 번도 초대받지 못한다면 무척 불행한 일이라는 말도 잊지 않았다. 이란에는 체면을 중시하는 '터로프' 문화가 있다. 그래서 모든 초대와 배려를 액면 그대로 받아들이면 곤란하다. 하지만 이 초대에서는 진심이 느껴져서 단지 인사치레라고 생각하며 사양하기 어려웠다. 저녁을 먹고 말레키 집으로 찾아갔다. 여성들은 히잡을 벗었고 할아버지와 손녀는 이란의 전통 현악기인 세타르와 다프를 연주하였다. 우리는 차와 달콤한 케이크를 대접받았다. 심지어 마당에 주렁주렁 열린 커다란 석류도 아낌없이 따주었다.

따뜻한 대접을 받은 말레키 집에서

The Religious Dance Ceremony of Apar.
Torbat-e Jam : Khorasan-e Razavi Province
This dance is one of the religious dances of Torbat-e Jam.
The religious dance of rain prayers which is done with
the song of drum and hornpipe, shows the skill of dancers
in this art and they also ask God to give them a rainfall.
In this ceremony, they show the process of farming...

식물은 사랑안에서 스스로 자란다.
...모든 비밀들은 밝혀지기 마련.
...모든 슬픔을 이겨내고 반가운 사람을 만나자...
- 허페즈

떠날 때는 함께 해줘서 고맙다며 역시(!) 원 감독에게 시집을 선물했다. 쿠란과 함께 이란의 모든 가정에 놓여 있다는 시성詩聖 하피즈의 시집이었다. 말레키 아버지는 우리를 위해 하피즈 시 한 구절을 멋지게 낭송했다. 코디네이터에게 물으니 '식물은 사랑 안에서 스스로 자란다. 모든 비밀은 밝혀지기 마련. 모든 슬픔을 이겨내고 반가운 사람을 만난다.' 이런 뜻이었다.

관광객은 눈 씻고 찾아도 없는 아프가니스탄 국경 근처에서 하루 종일 완벽한 손님으로 환대를 받았다. 이런 기분은 처음이었다.

behdad
babaei
setar.

navid afghah
tombak.

wonil
jango

قلب تپش

심장의 고동 소리. 가슴 설렘

이란의 수준급 연주자를 만나 한 수 배웠다.
원 감독은 장구를 들고 세타르와 톰박 사이에
스며들었다.

'세타르는 공명이 짧아서 마치 석류알처럼
끊임없이 알알이 부서진다. 우리나라 음악이
맥락을 짚는다면 여기는 빈틈없이 잘게
쪼개나간다.' _ 원일.

setar

버려진 곳에는 상상할 수 있는 온기가 남아있다. 400년 전에 발길이 끊긴 대상들 숙소도 마찬가지였다. 가을보다 겨울이라 불러도 좋은 만큼 바람은 차갑게 불었다. 햇살도 야속할 만큼 조금씩 비쳤고 구름 사이로 언뜻 비친 하늘은 무심하게 파랬다. 냉기와 무관심을 아랑곳 않고 바위뿐인 산을 넘어 띠로에 찌든 더러운 상인들이 뜨거운 목욕물과 스프 한 접시를 바라며 지금이라도 건너올 듯했다. 어제 시집을 건넨 어르신은 아직도 해줄 게 남았는지 우리보다 먼저 도착했다. 구글에도 잡히지 않는 유적에서 오전 내내 머물며 마음 속 이미지를 되새기며 카메라에 담았다. 차 감독은 추위에 아랑곳없이 장미무늬 씨쓰루를 꺼내 갈아입고 맨발로 흙바닥에 섰다. 바람에 날리는 옷깃을 리듬으로 삼아 동작으로 그곳을, 그곳에서 보고 느끼고 상상한 무드를 보여주었다. 쉽게 설명하진 못해도 분명하게 이해했다. '우리는 함께 여기에 있다.'

버려진
카라반사라이에서

다음 날 아침 카라반사라이를 다시 찾았다. 바람은 무척 차가웠고 햇살도 야속할 만큼 조금씩 비췄다. 구름 사이로 언뜻 보이는 하늘은 무척 파랬다. 비록 오래전부터 발길이 끊어졌지만 피로에 찌든 상인들이 뜨거운 스프 한 접시를 바라며 지금이라도 바위산을 넘어올 것 같았다.

어제 윈 감독에게 하피즈 시집을 건넨 어르신은 아직도 줄게 남았는지 우리보다 먼저 와 있었다. 프라이드 베타를 꼭 빼닮은 이란 국민 차 사바를 몰고 왔다. 1990년대 초반 이란 자동차 기업 사이파에서 기아자동차의 기술과 설비를 도입해 만들었다. 한국에서 프라이드 베타는 기름 냄새만 맡아도 달린다는 전설의 연비를 자랑했었다. 이제 한국에서는 거의 볼 수 없지만 이란에서는 어디서나 쉽게 볼 수 있었다. 프라이드 베타 혹은 사바를 곁에 두고 구글 맵에도 나오지 않는 카라반사라이에 오전 내내 머물었다.

차 감독은 추위에도 아랑곳하지 않고 얇디 얇은 장미 무늬가 화려한 옷으로 갈아입고 맨발로 흙바닥에 섰다. 들리지 않는 리듬에 맞춰 바람에 날리는 옷깃과 몸 동작으로 춤사위를 보여주었다. 따로 설명하지는 않았지만 오늘 여기 함께 있다는 뜻이 아니었을까. 그런데 나는 춤 내용보다 어떻게 하면 추위를 잘 견디는지 그게 더 궁금했다. 난 너무 추운 나머지 손가락이 펴지지 않아 히터를 켠 버스에 돌아가서야 겨우 몇 글자 적을 수 있었다.

우리나라에서 만든 프라이드 베타를 쏙 빼닮은 이란 국민 차 사바

추위에도 아랑곳 않고 춤추는 차진엽 감독

jin yeob at abbasabad caravanserai

마슈하드 공항에서
쇼핑에 눈을 뜨다

토르바테잠에서 모든 촬영을 마치고 말레키 가족을 다시 만났다. 공항 가기 전에 말레키 집에 들러 차와 과일, 케이크를 먹었다. 악기를 연주하며 신나게 춤을 추었다. 나도 뭔가 해드릴 게 없을까 싶어 방명록에 딸의 얼굴을 그려주었다. 떠날 때는 모두 골목 입구까지 나와 버스가 보이지 않을 때까지 손을 흔들어주었다. 비록 만난 시간은 이틀밖에 안되었지만 헤어짐은 어느 때보다 길었다. 가는 길에 먹으라며 마당에서 석류도 따주었다.

torbat-e jam

석류를 까먹으며 2시간 넘게 달려 마슈하드 공항에 도착했다. 사프란 파는 가게가 눈에 띄었다. 안 그래도 창밖으로 사프란을 따는 모습을 보는 중이었다. 사프란은 한 꽃에 3개뿐인 빨간 암술을 따서 말린 향신료다. 500개의 암술대를 말려야 1그램이 나온다. 우리나라에선 2그램당 5만원에 판매된다. 마슈하드는 사프란 산지라 저렴하게 살 수 있었다. 게다가 미국의 경제제재 여파로 이란의 화폐가치는 떨어질 대로 떨어져 있었다. 고통을 겪는 이란 사람들에게는 정말 미안하지만 여행자 입장에서는 다시 올 수 없는 쇼핑의 기회였다. 파는 사람도 다 알고 있는 듯 그래도 팔아주는 게 어디냐는 눈치였다. 대략 10분의 1 가격이라 10그램짜리로 네 병 질렀다.

이란에서 이렇게 신나게 쇼핑할 줄은 전혀 몰랐다.
마슈하드 공항에서 사프란을 쇼핑하는 걸 시작으로 석류 엑기스, 석류 오일, 커민씨 오일, 사프란 설탕, 티백, 말린 대추, 유리잔, 하피즈 시집에다 페르시아 카펫까지 샀다.

석류 엑기스는 게스트하우스 '이란 호텔'의 이란 남편이 매우 착한 한국어 억양으로 소개해주었다. 한 병에 600밀리미터였는데 10병을 샀다. 너무 많이 샀나 싶었는데 차 감독은 스무 병을 샀다. 엑기스만 6킬로, 12킬로그램인데 어떻게 가져갈지는 나중에 생각하기로 했다.

결국 쇼핑한 물건들은 45킬로그램짜리 항공 화물로 따로 붙였다. (관세도 정확히 물었다.) 다시 한 번 이란 분들에게 죄송하지만 가성비는 정말 최고였다. 석류 엑기스는 기회가 된다면 또 사고 싶다. 따뜻한 물에 타서 마셔도 좋고 소주에 타서 마셔도 그만이다. 사프란은 소믈리에 친구와 셰프 친구에게 하나씩 선물했다. 집에서 물 대신 사프란 차를 끓여서 마신다. 황금 빛깔과 잘 익은 밥맛(?) 향이 일품이다. 페르시안 카펫의 쇼핑 이야기는 다음 글을 기대하시라.

한때 금보다도 비쌌던 사프란을 마슈하드 공항에서 말도 안 되게 싸게 사다.

페르시안 카펫을
사다

카펫은 이란 쇼핑의 백미였다. 처음엔 살 마음이 전혀 없었다.
가격도 비싼 데다 크고 무거워서 가져갈 방법도 만만치 않
았기 때문이다. 계속되는 경제제재로 글로벌 기업들이 철수
하는 바람에 해외 배송이 원활하지 않았다.

하지만 페르시안 '스타일'의 카펫이 아닌 진짜 '페르시안'
카펫을 보고 싶었다. 테헤란에서 20년을 버틴 든든한 코디
네이터에게 도움을 청했다. 그녀는 기다렸다는 듯 쇼핑에 앞
서 꼭 필요한 정보를 알려주었다.

먼저 페르시안 카펫은 세 종류로 나뉜다. 공장에서 기계로 짠 카펫, 유목민이 손으로 짠 카펫, 그리고 실크로 짠 카펫이다. 가격은 기계, 유목민, 실크 순으로 가격 뒤에 '0'이 하나씩 더 붙는다고 보면 된다. 카펫을 사려면 먼저 기계로 짠 카펫부터 보는 게 좋다고 귀띔을 해주었다. 실크 카펫부터 보기 시작하면 눈만 높아져서 나머지는 영 시시해보이기 때문이라고 했다. 묘하게 설득력이 있었다.

그녀가 알려준 대로 테헤란 시내에 기계로 짠 카펫을 파는 가게부터 들렀다. 욕실 문 앞에 깔 만한 크기의 러그부터 호텔 로비도 채울 만한 크기의 양탄자까지 크기, 색깔과 무늬가 다양했다. 가격은 놀랄 만큼 저렴했다. 온 집 안에 다 깔 정도라도 몇 만원이면 살 수 있었다. 이란 사람들한테는 정말, 다시 한 번 더 미안한 마음이지만 그 놈의 경제제재로 가성비가 상상 이상이었다. 다들 처음엔 그저 구경이나 하자며 가게에 들어갔지만 나올 때는 전부 카펫을 돌돌 말아 어깨에 하나씩 메고 나왔다.

유목민들이 손으로 짠 카펫은 소박한 디자인이 눈길을 끌었다. 시라즈의 한 호텔에서 저녁을 먹고 나오는데 식당 옆에 걸어둔 카펫이 눈길을 사로잡았다. 두툼한 양털로 된 원색 카펫이었는데 귀여운 동물들이 카펫 한가득 담겨 있었다. '이건 사야 돼.' 이게 지름신이로구나 싶었다. 테헤란에서 잘 참았는데 느닷없이 시라즈에서 터졌고 결국 나도 카펫을 어깨에 메고 나오게 되었다.

마지막으로 실크 카펫. 알라딘이 타고 다니는 마법의 양탄자가 바로 실크 카펫이다. 기계로 짠 카펫이나 유목민이 손으로 짠 카펫은 들고 다니기에는 무겁다. 하지만 실크 카펫은 접어서 가방에 넣어 다닐 수 있을 만큼 무척 가볍다. 일행 중 한 명이 샀는데 한쪽 어깨에 메고 기내 수하물로 가져갔다. 실크 카펫은 빛의 방향에 따라 두 가지 색깔로 보인다. 무늬노 무척 섬세하다. 명품이 따로 없다. 이스파한 카펫 상점에서 염치 불구하고 1천만 원짜리 실크 카펫에 누워보았다. 아름답고 부드럽고 서늘하고 매끈하고 사랑스럽고 마치 구름 위에 누운 기분이었다. 돈이 참 좋구나 싶었다.

1   유목민이 양털로 손수 짠 시라즈 카펫

2   깃털처럼 가볍고 색깔도 변하는 마법의 실크 카펫

아껴둔 석류 엑기스를 냉동실에서 꺼내 뜨거운 차를 우린다. 시라즈에서 500달러를 주고 산 유목민이 짠 카펫에 앉아 지금 이 글을 쓴다. 추운 날엔 따뜻하고 더운 날엔 가슬가슬하다. 항공 화물로 부치고 관세사를 쓰고 약간의 세금을 물었다. 가져오는 게 그리 쉽지는 않았다. 하지만 모든 역경에도 불구하고 하나도 빠짐없이 집으로 가져왔다. '이건 사야 돼'라며 용기를 북돋워준 지름신께 감사한다. 이란에 가면 카펫에 도전해보시기를. 기계식 카펫은 테헤란, 유목민이 짠 카펫은 시라즈, 그리고 하늘을 나는 실크 양탄자는 이스파한에서.

오! 하피즈여,
그 많던 와인은 다 어디로 갔습니까

테헤란에서 시라즈로 가는 비행기 안에서 이란에서 보낸 며칠을 되돌아보았다. 이란은 알렉산더 대왕에게 패하고 이슬람에게 점령되었고 몽고와 티무르에게 침략당하여 연이어 쑥대밭이 되었다. 미국은 이란을 악의 축이라고 부르고 있다.

내게 이란은 맷집 좋은 스파링 파트너나 날아오는 주먹을 죄다 받아주는 미트(코치들이 연습 때 선수들 주먹을 받아주는 글러브)처럼 주연을 빛내는 조연이나 악당처럼 보였다. 이란에 대해 무지한 내가 그나마 아는 거라고는 책을 읽거나 매체를 보고 익힌 것뿐이었다. 여지껏 남의 눈으로 이란을 보았다. 물론 더 오래 머문다고 크게 바뀔 것 같지는 않았다. 하지만 최소한 기존의 생각에 의심을 품게 되었다.

＊　＊　＊　＊

이란에 와서 며칠 지나지 않았지만 크게 달라진 게 있다면 어느샌가 이란을 가운데 두고 보게 되었다는 점이다. 이전까지는 알렉산더에게 패망한 다리우스 3세의 나라. 이슬람에 의해 점령되어 〈아라비안 나이트〉에 갇힌 나라. 몽고에 의해 티무르에 의해 침략받은 나라. 최근 미국에 의해 악의 축으로 분류된 나라였다. 어쩌면 맷집 좋은 스파링 파트너나 챔피언의 주먹질을 받아주는 미트처럼 조연이나 (심지어) 악당에 불과했다.

쉽지는 않지만 편견을 걷어내고 주인공으로서 페르시아를 만나기. 있는 그대로 지금. 이곳에 사는 이란 사람들을 보고 만나기.

적어도 내가 알던 이란과 직접 와서 보고 만나고 느낀 이란은 엄청나게 다르다는 걸 깜짝깜짝 놀라며 느끼고 있다. 더불어 왜 여행을 하느냐라는 제법 거대한 질문에 대한 답도 찾게 되었다. '와 보면 달라. 책이나 매체는 남의 눈으로 세상을 보는 거니까. 하루아침에 바뀌진 않더라도 의심은 품을 수 있거든. 믿음을 깨고 신념을 버리고 길을 바꾸는 것. 여행이 주는 가장 큰 선물이라고 생각해.'

여행은 남의 눈으로 본 세상이 얼마나 다른지 내 눈과 발로 견주어보는 일이다. 여행 지름신은 나더러 좀 더 나아가보라고 속삭인다. 길을 바꾸고 믿음을 깨고 신념도 버리라고 말이다.

늦은 시간에 시라즈에 도착했다. 정원과 시심時心으로 가득한 이 도시는 장미가 피는 5월이면 관광객들로 넘쳐난다. 지금은 11월. 꽃도 지고 정원도 황량했다. 제대로 비수기에 맞추어 간 것이다. 5성급 호텔인 '시라즈 그랑 호텔'에 묵었는데 어쩐지 값비싼 중국 호텔에 온 기분이었다. 지나치게 크고 화려하지만 텅 빈 느낌이랄까. 하지만 숙박료는 (몇 번을 미안해하는지 모르겠지만 그래서 더 미안하다) 말도 안 되게 저렴했다.

체크인을 마치고 스카이라운지에 올랐다. 시라즈 야경이 한 눈에 보였다. 시원한 맥주나 위스키가 어울리는 공간이었지만 핫초코를 시켰다. 이란에서는 술을 마실 수 없다. 외국인이라도 술을 가지고 입국할 수 없다. 호텔에서도 안 판다. 그래도 몰래 마실 수 있지 않을까 싶었는데 진짜로 불가능했다. 나만 못 마신다면 죽을 것 같았겠지만 다들 안 마시니까 혹은 못 마시니까 별로 아쉽지 않았다. 시라즈에서 보내는 첫날 밤 중국풍 호텔 스카이라운지로 불어오는 강렬한 시심을 달달한 핫초코 따위로 달래기는 아무래도 무리였다. 오, 사랑과 와인의 시인 하피즈(본명은 샴스 알 딘 무함마드Shams al Din Muhammad다)여. 시라즈는 와인 이름인데 핫초코라뇨. 도대체 이게 뭡니까? (도시 시라즈와 와인 시라즈는 스펠링도 똑같다. 그리고 도시 시라즈 출신의 시인 하피즈는 사랑과 와인에 대한 시까지 썼는데 사실 도시 시라즈와 와인 시라즈는 아무런 관련이 없다.)

호텔에서 본 시라즈의 야경

이 덧없는 세상 몰락하기 전에
불그스레한 포도주 한잔으로 우리를 망가트리구려.
… 어느날 우리네 진흙으로 하늘이 주전자를 만들어
조심하구려 우리네 해골이 포도주로 가득찰터이니
우린 고행, 회개, 실없는 소리일랑 하지 않는다오.
우리에게 순수의 술잔으로 말해주오.

＊source : 신규섭 역,〈페르시안 소네트 신비의 혀 - 하페즈시집〉   chehel sotun

이 덧없는 세상 몰락하기 전에

붉그스레한 포도주 한잔으로 우리를 망가뜨리구려

…어느 날 우리네 진흙으로 하늘이 주전자를 만들어

조심하구려 우리네 해골이 포도주로 가득 찰 터이니

우린 고행, 회개, 실없는 소리일랑 하지 않는다오.

우리에게 순수의 술잔으로 말해주오.

샴스 알 딘 무함마드, 신규섭 역,《신비의 혀》중에서

힙하다!
시라즈

저녁 먹기 전 하피즈 묘에 들렀다. 6시밖에 안 되었지만 한밤
처럼 캄캄했다. 어두운 밤에 묘지라… 왠지 으스스할 것 같
았는데 의외로 사람이 많았다. 묘지는 마치 잘 꾸민 정원 같
았다. 장미는 아직 일렀지만 대신 주먹만 한 오렌지가 열려
있었다. 오렌지 나무 아래서 연인들이 웃으며 시간을 보내고
있다. 사랑과 와인을 노래한 시인의 무덤을 찾아와 오렌지
나무 아래서 달콤한 데이트를 하다니. 묘하게 설득력 있었다.

팔각지붕 정자 아래 대리석으로 된 관이 놓여 있었다. 하피
즈의 무덤이었다. 혼자 온 것처럼 보이는 어느 여자는 작은
시집을 꺼내 오랫동안 조용히 시를 읽는다. 가죽 점퍼를 입
은 아저씨는 조용히 장미 한 송이를 건네고 돌아선다. 원 감
독은 관 위에 두 손을 댄 채 오랫동안 생각에 잠겼다. 나도
하얀 대리석 위에 조심스레 손을 올렸다. 무척 부드러웠다.

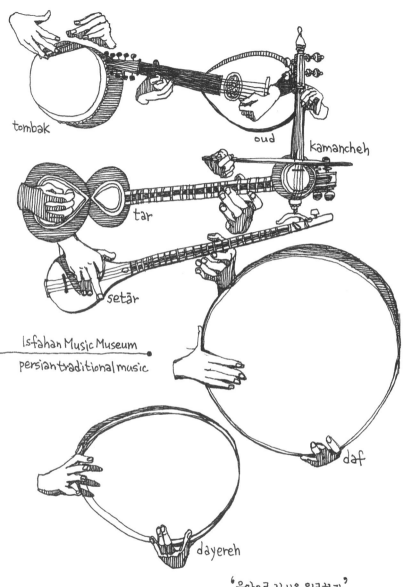

tombak

oud

kamancheh

tar

setār

Isfahan Music Museum
persian traditional music

daf

dayereh

'음악으로 자신을 위로하라'

خود را با موسیقی تسلّی ببخش

보통 미술관이나 박물관 관람을 하고 나면 출구는 언제나 기념품 숍으로 연결된다. 무덤도 예외는 아니었다. 하피즈 묘를 보고 나온 후 들리게 된 기념품 숍은 냉장고 자석부터 조각상, 시집, 옷과 가방까지 제대로 구색을 갖추고 있었다.

아름다운 박스에 담긴 하피즈 시집을 샀다. 이란어와 영어로 쓰여 있었다. 작품이 얼마나 아름다운지 시집에서 장미 향이 나는 것 같았다. 예술가끼리는 이렇게 통하는구나, 공감각적인 경험을 여기서 하는구나 싶어 무척 감동했다. 점원은 감성으로 충만해진 내 얼굴을 보며 충분히 이해한다는 눈빛을 보냈다. 역시 하피즈였다. 기념품 숍의 점원까지 시심으로 가득 채워주는구나. 그녀는 특별히 장미 향을 뿌린 종이로 만든 시집이라며 친절히 설명해주었다. 시집을 황급히 봉투에 담아 기념품 가게를 빠져나왔다.

묵고 있는 호텔 맞은편에 있는 '하프트 칸'으로 저녁을 먹으러 갔다. 페르시안 전통 식당인데 음식도 맛있고 분위기도 좋아서 시라즈에 올 때마다 들른다며 코디네이터가 추천해 주었다. 식당 지하를 모두 흰색으로 마감하였다. 실고室高가 높고 천장은 다면체로 불규칙하게 표면이 들고 나서 마치 주름이 잡힌 듯이 보였다. 실내 디자인을 맡은 건축가는 이란 전통 공중목욕탕인 하맘에서 아이디어를 얻었다고 한다.

신발을 벗고 둥그런 바닥에 올라 두툼한 양털 카펫에 둘러 앉았다. 천장부터 커튼이 드리워져 무척 아늑했다. 음식은 상이나 테이블이 아닌 바닥에 그대로 놓였다. 쿠션에 기대어 비스듬히 앉아 양고기와 채소, 요거트와 이란의 쌀 요리인 타흐친을 먹었다. 식당 실내 디자인과 서비스, 음식과 먹음직스럽게 담은 플레이팅 방법까지 청담동이나 성수동에 그대로 옮겨놔도 힙하다는 소리를 들을 법했다. 가성비는 여전히 좋았다.

1

2

1 하피즈 무덤 오렌지 나무 아래 연인들

2 호텔 앞 식당 '하프트 칸'의 내부 모습

저녁을 먹고 옆 가게에서 문제의 그 시라즈 카펫을 발견했다. 6킬로그램이 넘는 카펫을 어깨에 메고 콧노래를 부르며 호텔로 돌아왔다. 창밖에는 시라즈 야경이 펼쳐져 있었다. 스카이라운지에 올라가 오늘은 핫초코 대신 카라멜 마끼아또를 마셔볼까 하다가 스르륵 잠들었다. 시라즈 카펫을 타고 지니와 함께 시라즈 하늘을 나는 꿈을 꾸었다.

페르세폴리스의
서글픈 사자들

페르세폴리스는 아시아와 유럽, 아프리카까지 아우르는 요즘으로 치면 뉴욕 같은 도시였다. 다리우스 3세를 물리친 알렉산더는 보물을 남김없이 훔쳤고 보물을 제외한 나머지는 흔적도 없이 불태웠다.

그 왕궁과 도시는 버려졌고 무려 2천 년 동안 여행객이나 호사가들이 찾는 관광지가 되었다. 보물 창고를 받치던 주춧돌, 거대한 기둥, 부조가 새겨진 벽, 거대한 황소가 받치고 있는 만국의 문만 남았다. 관광객들은 만국의 문 앞에 모여 거대한 황소를 셀카로 찍어보려고 애를 썼다. 유적 한구석에는 부서진 잔해들이 다시 복원될 날만 기다리며 가지런히 쌓여 있었다. 부서진 사자 머리들이 눈에 띄었다. 간신히 붙어 있는 주둥이, 이글거리는 왼쪽 눈동자, 예리한 송곳니를 그리며 꽤 오랫동안 사자 머리 앞에 머물렀다. 화려했던 제

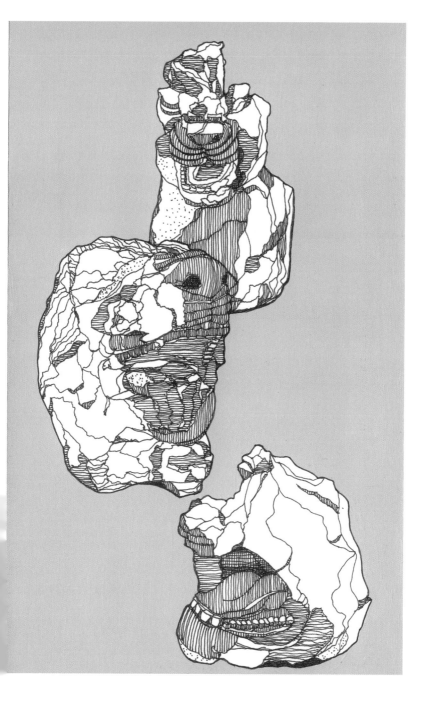

'gate of all nations' persepolis

2천년이 훨씬 넘은 폐허더미에서 이곳이 아시아와 유럽, 아프리카까지
맞닿은 요즘으로 치면 뉴욕같은 용광로였음을 떠올리기란 쉽지 않았다.
다리우스 3세를 물리친 알렉산더는 메뉴얼에 따라 보물들을 남김없이 훔쳤고
불에 탈만한 것들은 흔적도 없이 태워버렸다. 파괴된 왕궁과 도시는 버려졌고
그때부터 지금까지 (또한 미래까지) 호사가들이나 여행객들이 찾는
관광지로 남았다. 사람이 사라지고 험한 물건들이 어디론가 주인이라고 불리는
도둑기의 손에 넘어가고 오직 녹슨 골조타 콘크리트 더미만 남은 뉴욕에서
더 무엇을 기대할수 있을까 싶다. 내 눈에 들어온 것은 기둥 주춧돌이 가지런히
박힌 보물창고터나 겨우 복원된 몇몇 기둥, 꼼꼼하게 옷을 벗겨낸 황소나
만국의 문이 아니었다. 설명서 없이 흩어놓은 레고 부품처럼 한켠에 쌓아둔채
제대로 조립될 날을 기다리는 돌 무더기 앞에 꽤 오랫동안 머물렀다.
커다란 돌덩이 밑에 간신히 붙어있는 사자의 입, 여전히 불꽃처럼 이글거리는
왼쪽 눈동자, 갓 스케일링을 마친듯 가지런히 붙은 이빨들까지. 좋았던 시절을
붙잡으며 더이상 현재나 미래로 한 발자국도 내딛고 싶어하지 않는 어르신처럼
완강했다.(그래서 더 서글펐다) 어제 인터뷰하러 찾아갔던 이란 음악 전문가가
떠올랐다. 사진을 뚫고 눈빛을 쏴대었는데 실제로 만나니 완전 딴판이었다.
몸이 아픈 건지, 약에 취했는지, 나이가 들어 쇠약해진 건지 몰라도 63세라고
하기에는 너무도 늙어버렸다. 묻는 질문마다 핵심을 비껴간 채 헤매기 일쑤였다.
그의 머릿속과 눈 앞에는 화려했던 왕년과 한창때 음악가들이 들려주는 음악이
흐를지도 모르겠지만 말이다. 결국 모든 건 무너져내리고 잊혀지기 마련이다.
하지만 그게 내 일이라고 했을 때 쿨하게 받아들이고 손 떡탁 털 수 있을까.
적어도 내려오거나 사라지는 순간을 늦지 않고 미련두지 않고 질척이지 않고
깔끔히 받아들일 수 있을까. 앞으로 천년은 더 버틸듯한 부서진 얼굴이 무심하게
석양을 받으며 스러져 간다. 골든 타임을 붙잡으려고 촬영감독은 더욱더 바쁘게
돌무더기 사이를 가로지른다. 나는 기어이 페르세폴리스에 왔고 담뱃 냄새보다
더욱 진한 향기를 뿜어대던 음악가를 떠올리며 숙소로 돌아왔다.

국의 시간을 잊지 않으려는 듯 여전히 단단해보였다. 그래서 더 서글펐다.

이곳으로 오기 전에 테헤란에서 만났던 이란 음악가가 떠올랐다. 만나기 전에 사진을 보았는데, 사진 속의 눈빛은 상대를 뚫어버릴 듯이 날카로워 매우 인상적이었다. 하지만 실제로 만나보니 완전 딴판이었다. 몸이 아픈 건지 약에 취한 건지 몰라도 63세라고 하기에는 너무 늙어버렸다. 묻는 질문마다 핵심은 비껴간 채 헤매기 일쑤였다. 화려했던 과거로 돌아가 혼자만의 세계에 갇혀 있는 것처럼 보였다.

모든 건 무너지고 잊히기 마련이다. 누구나 알고 있는 사실이지만 그것이 나의 경우가 되면, 내 일이라면 선뜻 받아들이고 탁탁 털어내긴 무척 어렵다. 정상에서 미련 없이 내려와 앞으로는 잊힐 일만 남았다는 사실을 받아들여야 하는데 말이다. 낮이 짧은 가을이라 하늘은 금세 노랗게 변했다. 촬영감독은 골든타임을 놓치지 않으려고 돌무더기 사이를 바쁘게 뛰어다녔다. 부서졌지만 앞으로도 천 년은 더 버틸 것 같은 사자들도 석양 속으로 천천히 잠겼다. 진한 마리화나 향기를 뿜어대던 그 음악가를 떠올리며 숙소로 돌아왔다.

페르세폴리스 만국의 문

이스파한,
10년 전엔 더 아름다웠구나

시라즈에서 이스파한까지 버스를 탔다. 길은 생각보다 괜찮았다. (이란에 와서 가장 많이 하는 말이다. 나는 이란에 대해 도대체 무슨 생각을 하고 온 걸까?) 다만 휴게소가 없어서 화장실 가는 시간을 잘 조절해야 했다. 토르바테잠에서 마슈하드 공항으로 올 때 조절에 실패해서 하마터면 속옷에 지릴 뻔했다. 말레키 집에서 차를 많이 마시고 화장실에 들르지 않은 게 화근이었다. 방광이 찢어질 듯 꽉 찬 느낌. 실로 오랜만이었다. 눈치 빠른 운전사가 잽싸게 공동묘지로 빠져 화장실 앞에 내려주었다. 가까스로 큰 위기를 넘겼다. 싹 다 비웠지만 꽤 오랫동안 아랫배가 저렸다. 조금만 늦었더라면 떠올리고 싶지 않은 추억을 한가득 남길 뻔했다. 시행착오 덕분에 이스파한까지는 무척 경쾌하게 도착했다.

armenian church

이스파한은 아담하고 깨끗했다. 인도와 골목이 잘 어우러져 걷기도 좋았다. 골목마다 매력적인 작은 가게들이 숨어 있었고 나무들도 우악스럽지 않게 그늘을 드리웠다.

점심을 먹고 아르메니아 교회에 들렀다. 마지막 페르시아 제국인 사파비 왕조는 수도를 천국으로 만들고 싶었다. 도시를 살리는 데 도움이 된다면 종교나 신념에 관계없이 누구나 받아들였다. 기독교를 믿는 아르메니아인들은 이스파한에 와서 카펫을 팔아 큰돈을 벌었다. 그들은 교회를 지었고 당초 무늬와 살 오른 천사들이 사이좋게 어울려 있는 아름다운 벽화도 그렸다. 교회 마당의 나무 그늘 아래에서 히잡을 쓴 여성들이 이야기를 나누고 있었다. 이 모습을 그렸고 파란 하늘 대신 교회에서 봤던 귀여운(?) 벽화로 채웠다.

'생명을 주는 강'이란 뜻인 자얀데루드, 자얀데강은 도시를 가로질렀다. 시오세다리 33개의 교각은 밤이 되면 더욱 반짝거렸다. 밤이 되면 연인들은 다리 아래에서 더위를 식히며 데이트를 했다. 네이버와 구글로 검색하면 이런 낭만적인 이미지가 가득했다. 구글 신이 그렇다니까 강물은 반드시 이스파한을 가로질러야 했고 밤은 무조건 낭만적이어야 했다. 하지만 직접 와보니 시오세다리는 그대로인데 강물은 흔적도 없었다. 10년 전부터 자얀데강 북쪽 댐 수위가 낮아져 생활용수가 부족해지자 자얀데강으로 흘러내리는 수문을 잠갔기 때문이다. 물이 충분하면 다시 열겠지만 언제 그렇게 될지 아무도 모른다. 몇 명의 남자들이 바싹 마른 강바닥을 밟으며 강줄기를 따라 걸었다. 적어도 바짓가랑이가 젖을 일은 없어보였다.

이맘광장,
광장은 있지만 광장 문화는 없다

비 오는 아침 이맘광장에 들렀다. 이스파한을 가장 아름다운 도시로 만든 사파비 왕조는 왕좌에서 제국을 한눈에 내려다보고 싶었다. 먼저 위대한 알라를 위해 푸른 모스크를 세웠다. 세상의 모든 물건을 사고파는 바자르(우리가 쓰는 바자란 말과 같은데 시장이란 뜻이다)로 지었다. 그리고 제국을 위해 싸우는 용감한 기마 부대가 달리는 폴로 경기장을 만들었다. 모스크와 바자르 그리고 폴로 경기장이 있는 광장은 크고 화려하고 아름다웠다.

하지만 망루는 무척 단조로웠다. 왕이 광장을 내려다보는 장소인 망루는 그가 서 있는 장소일 뿐 바라보는 대상이 아니었기에 기능에 충실하면 그만이었을 테니까. 그곳에서 어떻게 광장을 만들었을까 상상을 해보았다. 진짜일 리 없겠지만 어떻게 광장을 만들었는지 나름 상상해보았다.
한 사람이 겨우 통과할 수 있을 정도로 좁은 계단을 따라 빙글빙글 걸어 올라가니 왕의 밀실인 음악 홀이 나왔다. 칠은 벗겨지고 그림도 떼어 가고 소품도 다 사라져서 예전의 모습은 없지만 이 방을 어떻게 썼을지 상상하기는 어렵지 않았다. 사방에 귀가 달린 왕궁에서 작은 소리도 잡아 먹는 특수한 벽에 둘러싸여 음악만 듣지는 않았을 거다. 음악을 듣는다는 핑계로 밀실에서 가장 비밀스러운 이야기를 나누지 않았을까? 맞은편 왕비들의 모스크에서는 조금만 소리를 내도 모스크 전체가 울렸다. 내 상상이 묘하게 설득력 있어서 홀로 히죽거렸다.

지금 이맘광장은 분수와 잔디, 나무 들로 가득하다. 광장 양끝에 남아 있는 돌기둥이 폴로 경기장의 흔적이었다. 오후에는 화창하게 날이 개었다. 가족들은 나무 밑에 카펫을 깔고 과일을 먹거나 들고 온 솥에 밥을 해 먹기도 했다. 술이 없어서 그런지는 모르겠지만 사람들이 많은데도 광장은 조용했다. 쓰레기도 없었다.

마지막 페르시아 제국 사파비 왕조는 수도를 천국으로 만들고 싶었다. 이스파한은
세상의 절반으로 불리며 사랑스런 도시로 탈바꿈했다. 종교와 신념이 다른
아르메니아인들이 페르시아 카펫을 팔고 돈을 벌었다. 그들이 지은 교회에는
당초무늬와 살찐 천사들이 사이좋게 어울려 벽화로 남았다. 제국을 한 눈에
보고 싶은 욕망은 신을 모시는 모스크와 세상의 모든 물건을 사고파는 바자르
그리고 제국을 지탱하는 힘인 사랑스러운 기마부대가 달리는 드넓은 폴로구장을
합쳐 거대한 광장을 만들었다. 왕이 내려다보는 망루는 그래서인지 가장
단순했다. 그가 서 있는 장소일 뿐 바라보는 대상이 아니었기에 기능에 충실하면
그만이었을테니까. 작은 계단을 빙글빙글 돌며 따라오르면 왕의 밀실인
음악홀이 나온다. 지금은 칠이 벗겨지고 그림도 없고 소품도 사라졌지만
그가 어떻게 이 방을 썼을지 상상하기는 어렵지 않다. 사방에 귀가 달린 왕궁에서
작은 울림도 잠아먹는 특수한 벽들에 둘러싸여 그는 음악만 들었을까?
어쩌면 음악을 듣는다는 핑계로 꼭 하고 싶은 이야기를 은밀하게 나누는
유일한 공간이 아니었을까? 왕비들의 모스크는 반대편에 있는데 방 가운데서
조금만 소리를 내도 모스크 전체가 울린다. 나의 이상한(?) 상상은 더욱 더 힘을
받는다.

지금 이맘광장은 분수와 잔디, 나무들로 가득하다. 광장 양끝에 세워져 있는
돌기둥이 옛날 폴로 경기장의 흔적이다. 사람들은 나무 밑에 카페트를 깔고
가족들과 함께 과일을 먹거나 아예 밥을 해서 먹기도 한다. 술이 없어서 그런지
다들 조용하고 쓰레기도 없다. 이란에는 광장은 많아도 '광장 문화'는 느끼기
어렵다. 정치적 신념이나 억울한 사연을 담은 현수막이나 피켓은 아예 없다.
왕이 서 있던 전망대 아래에는 '지켜보고 있다'는 표정으로 호메이니 사진이
커다랗게 붙어있다. 조금은 소란스럽고 어수선할지 몰라도 언젠가는 이맘광장도
그렇게 바뀌게 되지 않을까. 사는 사람들은 어떨지 몰라도 여행객에는 너무도
상냥한 도시 이스파한. 꼭 한번 다시 오리라 마음먹으며 광장을 빠져나왔다.

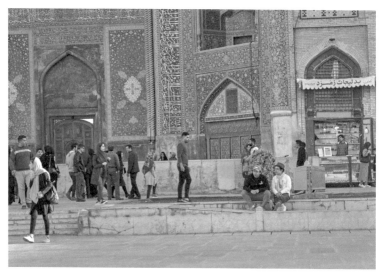

이맘광장에 쭈그리고 앉아 음향감독과 수다 떠는 중(사진ⓒ 김태현)

이란에는 이맘광장 외에도 광장이 많다. 하지만 광장 문화는 보기 어려웠다. 정치적 신념이나 억울한 사연을 담은 현수막은 하나도 보이지 않았다. 확성기로 구호를 외치거나 피켓을 든 사람도 없었다. 네가 무슨 생각을 하는지 다 안다는 눈빛으로 노려보는 호메이니 사진만 망루 아래 커다랗게 걸려 있었다. 광장은 정돈된 듯 예쁘기보다 시끄러운 곳이어야 한다. 지금보다 어수선하고 지저분해지더라도 꼭 광장 문화가 생기길 바란다. 이스파한은 그곳에 사는 사람들에게는 어떤지 몰라도 여행객에게는 무척 상냥했다. 꼭 한번 다시 오겠다고 마음먹으며 세계에서 두 번째로 큰 광장을 빠져나왔다.

이란 남자들의 로망,
주르하네

남자들만 출입할 수 있다는 전통적인 체육관 주르하네에 들렀다. '남자들만'에는 무척 시큰둥했지만 '전통적인'이란 말에는 조금 끌렸다.

주르하네는 '힘의 집'이란 뜻이다. 예전에는 주로 레슬링을 연습하던 곳이었다고 한다. 신발을 벗고 들어가니 움푹 파인 경기장에 두툼한 매트가 깔려 있다. 경기장 위쪽 천장만 볼록하게 솟아 더 높아보였다. 공중목욕탕에서 영감을 받았다고 한다. 경기장 주위로 관람석이 놓여 있었고 벽에는 이곳에서 배출한 유명한 레슬러 사진들이 붙어 있었다. 가운데를 일종의 디제이박스 역할을 하는 사르담sardam이라고 부르는데 코치인 모르셰드morshed가 앉는 자리였다.

주르하네에서 체력 단련이란 곧 의식이었다. 모르셰드가 종을 치면 의식이 시작되는데, 화려한 무늬가 새겨진 얇은 반바지를 입은 남자들이 경기장으로 줄 맞춰 들어온다. 노인부터 어린아이까지 나이와 체격도 다양했다. 모르셰드는 자브zarb(드럼)를 치며 구령을 붙이는데 구령 소리가 마치 노래처럼 들렸다. 남자들은 정해진 순서대로 몸을 풀었다. 의식의 백미는 곤봉 돌리기였다. 곤봉처럼 생긴 이 기구를 밀mil이라고 하는데 단단한 나무를 병 모양으로 커다랗게 깎은 것이다. 리듬체조에서 쓰는 곤봉과는 차원이 달랐다. 만화 주인공이나 휘두를 법한, 말도 안 되게 크고 무거운 방망이였다. 가장 무거운 건 30킬로그램이나 되었다. 두 손으로 하나를 들기도 벅찬데 남자들은 양손에 하나씩 들고 어깨 뒤로 넘기며 가볍게 돌렸다. 의식이 계속될수록 이마와 겨드랑이에 땀방울이 맺혔다. 암내가 모락모락 풍겼다. 우리에게 간식을 챙겨주던 어르신이 조용히 나서서 장미수를 뿌렸다. 살 것 같았다. 1시간 반가량 계속되던 의식이 끝나자 모두들 땀에 흠뻑 젖었다. 어른들 틈바구니에서 열심히 따라 하던 아이에게 물었다.

어린이부터 노인까지 함께하는 주르하네 모습

zurkhaneh

sfahan is the capital of heroic culture."

구러너네 선수들이 입은 티셔츠 뒷면에 적혀있는 문장이다.

"이거 왜 해?"

"멋지잖아."

"뭐가?"

"남자답잖아."

할아버지, 아버지, 아들이 모여 함께 운동하는 '힘의 집' 주르하네 입구에는 악당을 물리치는 신화 속 영웅들이 부조로 새겨져 있었다. 아이가 입은 티셔츠 뒤에는 '이스파한은 용감무쌍한 문화의 수도'라고 적혀 있었다.

수피와 함께한
티타임

이스파한에서 테헤란까지는 비행기로 돌아왔다. '이란 호텔'에 세 번째 묵는 거라 집에 돌아온 기분이었다. 한국인 부인은 촬영하느라 고생했다며 떡볶이와 소고기 탕수육에 사골국까지 챙겨주었다. 이란식 환대는 여전했다.

다음 날 수피들을 만났다. 수피즘은 이슬람 신비주의로 쿠란이나 율법 없이도 신을 체험할 수 있다고 믿는 종파다. 이슬람 극단주의자들은 이단으로 여긴다. 내겐 수피나 수피즘보다 수피 춤이 더 익숙했다. 검은색 원통 모자에 긴 치마를 입고 빙글빙글 도는 춤 말이다. 수피춤은 '사마'라고 부르는데 신을 만나기 위한 수피만의 의식이다. 터키에서는 인기 많은 관광 상품이지만 이란에서는 사정이 다르다. 먼저 남자들만 추는 터키와 달리 이란에서는 여성들도 춘다. 그런데 이란에서 여성은 법적으로 대중 앞에서 춤을 출 수 없다.

결국 은밀한(?) 장소를 섭외해 우리끼리 모여 사마 의식을 열기로 했다. 하지 말라는 짓은 몰래 할수록 더 재미나는 법이라 살짝 흥분되었다.

버려진 창고나 벙커 같은 지하실에서 모일 줄 알았는데 번 듯한 요가 학원이었다. 학원 안에는 이미 몇 사람들이 모여 차를 끓이고 케이크를 먹으면서 낄낄거리고 있었다. 수피들을 만나러 왔다고 하니까 잘 왔다며 우리가 수피라고 했다. 하얀 치마와 검은 모자를 쓰고 있을 줄 알았는데 그저 평범해 보이는 이란의 남자와 여자들이었다. 이번에도 예상과 달랐다. 우리가 케이크를 먹는 동안 그들은 옷을 갈아입고 나왔다. 여자들은 여전히 머리에 히잡을 쓰고 있었고 남자들은 흰색 두건을 둘렀다. 남녀 모두 긴 치마를 둘렀는데 하양, 빨강, 하늘색, 녹색과 검정이 섞인 것까지 모두 달랐다.

samadance

보이지 않고 들리지 않는 신을 직접 느끼고 싶다. 어쩌면 신에게 바라는 가장 단순한 바람이 아닐까. 그들은 끝없이 돌고 돈다. 아이처럼 신에게 바라며 매달린다. 제발 보여달라고 느끼게 해달라고 말이다.

'being in the moment'

모든 준비를 마치고 무대에 서자 네이와 다프 연주가 시작되었다. 먼저 양팔을 엇갈아 손을 어깨에 올리고 고개 숙여 인사한 다음 팔을 뻗어 천천히 돌았다. 차 감독은 수피 옷을 빌려 입고 의식에 참여했다. 나와 원 감독은 그저 조용히 지켜보았다. 왼팔을 가볍게 뻗고 고개는 오른쪽으로 떨군 다음 눈은 반쯤 감은 채 왼손을 보면서 시계 반대 방향으로 돌았다. 리듬이 빨라지자 회전도 빨라졌고 표정은 점점 차분해졌다. 5분을 넘기자 몇 사람은 바닥에 쓰러진 채 엎드려 기도했다. 자연스러운 동작이었다. 차 감독은 무려 15분 넘게 돌았다. 그리고 바닥에 엎드렸다. 기도 대신 눈물을 흘렸다. 현기증 때문인지 중독성 강한 음악이나 춤 때문이었는지… 어쩌면 정말로 신을 만났는지도 모른다. 나도 모르게 울컥했다. 의식을 마치고 다시 옷을 갈아입었다. 한참 돌았는데도 아무렇지도 않다는 듯이 차를 마시고 케이크를 마저 먹었다. 함께 깔깔거리며 헤어진 뒤 그들은 다시 평범한 남녀로 돌아와 거리 속으로 사라졌다.

이란 수피들이 추는 사마 춤

파르티안 샷
추가합니다

고구려 무용총 수렵도를 보면 말을 타면서 몸을 돌려 뒤로 활을 쏘는 장면이 있다. 배사법, 파르티안 샷이라고 부르는 고급 마상 기술이다.

파르티아는 고대 페르시아 멸망 후 이 지역을 지배했으며 한때는 로마 제국과 맞설 만큼 강했다. 중국에선 안식국이라 불렸고 포도와 석류도 이때 전해졌다. 테헤란에서 파르티안 샷 시범을 보여줄 마상기예협회를 찾았다. 모래가 두껍게 깔린 연습장에서 양털 모자를 쓴 사람들이 기다리고 있었다. 촬영을 위해 멀리서 전통 복장까지 빌려왔다고 너스레를 떨었다. 반갑게 악수했는데 손이 돌덩어리였다. 배가 많이 나와 말을 타고 날렵하게 쏠 수 있을까 싶었다.

고구려 무용총 수렵도

parthian shot

말을 타기 전에 몸도 풀 겸 가볍게 활쏘기 시범을 보여주었다. 먼 과녁을 보며 한 발 한 발 느긋하게 당기는 국궁과 달리 10미터 정도 되는 가까운 거리에서 여러 발을 최대한 빠르게 쏘았다. 과녁에는 성난 멧돼지와 불타오르는 도깨비가 붙어 있었다. 몸을 푼 다음 본격적으로 파르티안 샷을 보여주었다. 연습장을 반 바퀴 돌아 말을 몰다가 과녁을 왼쪽에 끼고 빠르게 달렸다. 과녁이 가까워오자 고삐를 놓고 화살을 활시위에 메웠다. 막 과녁을 스치며 달리는 순간 재빠르게 몸을 돌려 활시위를 당겼다. 화살은 과녁에 강하게 명중했다. 배 나온 아저씨도 말 위에서는 무척 경쾌하게 활시위를 당겼다. 물론 명중이었다. 파르티안 샷은 '자리를 뜨면서 쌍욕 날리기'란 뜻으로도 쓰인다.

촬영 계획에 따르면 난 전통 복장을 입고 말을 타고 파르티안 샷을 쏴야 했지만 아무도 말을 꺼내지 않았다. 폴로에 이어 또 달리는 말이라 곧바로 스케치하기도 어려웠다. 촬영 분량 역시 안 나왔다. 스마트폰을 꺼내 슬로우 모션으로 찍은 다음 숙소에서 한 컷씩 보면서 그렸다. 무용총 수렵도와 비교하면 얼마나 정확히 그렸는지 모른다. 그나마 위로가 되었다. (1872년 사진으로 확인하기 전까지 그림 속 말들은 개처럼 날아가듯 뛰었다. 테오도르 제리코의 〈경마〉가 대표적이다. 무용총 수렵도만 그런 건 아니었다.)

카메라를 갖다 대니 마상기예협회 사람들이 알아서 멋진 포즈를 취했다.

KOREAN AIR | ECONOMY | BOARDING PASS

中国南方航空 CHINA SOUTHERN
厦门航空 XIAMEN AIR

一次飞行 十分关爱

尊敬的旅客：您每乘坐一次南航航班，南航将捐出"109"续入入航基"一分"关爱基金，用于建筑公益事业。

航班 FLIGHT CZ6025
日期 11DEC18
姓名 NAME CHANG/SUKWON
到达站 DESTN. URC
舱位等级 CLASS Y
座位 SEAT 46J
序号 No. 085

关注南航 尽享便捷服务

NAME CHANG/SUKWON MR
FROM SEOUL/GIMPO
BEIJING
11DEC18
SEAT 座位 39D
FLIGHT 班号 KE 851
登机牌 BOARDING PASS
E

航班 FLIGHT CZ6025
到达站 DESTN. URUMQI 乌鲁木齐
NAME CHANG/SUKWON
CZ6025 11DEC1 8
登机口 GATE 50
登机时间 BOARDING TIME

姓名 NAME CHANG/SUKWON
日期 DATE 13DEC
舱位 CLASS E
库车 KUQA
到达站 DESTN. KUQA
032
NIM43589398
ETKT 8263400704420/1

航班号 FLIGHT GS7561
登机口 GATE 6
登机时间 BOARDING TIME 1410
座位号 SEAT 6A

新疆机场集团公司
XINJIANG AIRPORT GROUP CO.,LTD.

登机口可能变更
请您注意广播或
登机口提示信息

9556

请勿折叠 DO NOT FOLD

重要提示：请留意登机口临时变更信息。登机闸口于航班起飞前15分钟关闭。
NOTICE:PLEASE NOTE THE ALTERATION OF YOUR BOARDING GATE.GATES WILL BE CLOSED 15 MINUTES BEFORE DEPARTURE.

INDIA

인도라…
음

델리로 가는 비행기에 올랐다. 인도만큼 호불호가 갈리는 여행지가 또 있을까. 어머니의 여행 이야기는 언제나 인도로 시작해서 인도로 끝난다.

어머니는 내 나이였을 때 인도를 한 달 넘게 여행하셨다고 한다. 스무 시간 넘게 기차를 타고 기차 안에서 밥도 해 먹고 식당에서 눈탱이도 맞았지만 가장 행복했던 순간이었다고 (백 번도 넘게) 고백하셨다.

인도로 가는 비행기 안에서

인도에서 영적인 체험까지 했다는 친구도 있지만 다시는 가고 싶지 않다는 친구도 있다. 인도를 여행한 건 처음이지만 어머니와 달리 난 '불호'에 가까웠다. 평소 책과 그림 도구, 잡동사니로 뒤엉킨 더러운 방에서 지내지만 여행지에서는 갓 세탁한 시트와 쓰레기 없는 깔끔한 거리에 집착한다.

2018년 10월 2일 (화)

간디생일에 델리에 도착하다.

숙소에 도착하니 잡채와 매콤한 국물과 닭볶음까지 차려져 있었다.

기름진 난을 기대했는데 말이다. 대신 인도맥주가 있었다.

우리말로 하면 물총새 맥주. 무사도착을 위하여 건배.

곧이어 내일 촬영이야기. 피디. 촬영감독.

현지코리와 출연자 사이에 기싸

점잖게만 무척 쨍짱

늦은 밤 델리에 도착했다. 숙소에 짐을 풀고 저녁을 먹었다. 새로운 나라에 도착하면 의식처럼 그 나라 맥주부터 마셔본다. 로컬 맥주를 주문했더니 종업원이 KINGFISHER, '물총새 맥주'를 가져다주었다. 병에 예쁜 물총새 그림이 붙어 있었다. 맛은 평범했지만 그림이 무척 아름다웠다. 시작은 나쁘지 않고 평범하기까지 했다. 맥주를 마시는 그 순간까지는.

델리스럽다는
것은

델리를 스케치하는 날이다. 하루 종일 이곳저곳 돌아다니면서 '우리 델리에 왔어요. 여기가 바로 델리예요'에 딱 어울리는 인증 영상을 찍어야 하는 날이다. 먼저 인디아 게이트부터 들렀다. 제1차 세계대전과 아프간 전쟁에서 영국군으로 싸운 인도 병사들을 기리기 위해 세운 기념비이다. 9만여 명의 병사들 이름 하나하나가 새겨져 있었다. 게이트 아래에는 무명용사들의 넋을 기리는 불멸의 불이 타올랐다. 용맹스러운 네팔 고르카 용병들이 꺼지지 않는 불을 지켰다. 제단에는 '영원한 용사들'이라고 새겨져 있었다. 불구멍이 네 개인데 자세히 보니 세 곳은 꺼져 있었다.

2018년 10월 3일 (水)

첫 촬영. 델리를 돌아다니며 '우리 여기 델리에요' 스러운 영상을 담아내었다.
4시에 까딱댄스 구룹을 만나기 전까지 델리 시내를 부지런히 돌아다녔다.
아프칸에서 전사한 무명용사들 이름이 새겨진 인디아 게이트부터. 용맹스런
네팔 고르카 용병들이 꺼지지 않는 불을 지켰다. 불구멍을 네 개지만 한 곳만
꺼지지 않았다. 밑에는 '영원한 용사'라고 적혀 있었다. 촬영을 하니 여지없이
사람들이 모여들었다. 영상 전문가들을 우글우글한데서 기념사진 찍으라고 달려든다.
작은 가방을 들고 늘며서 오는 사람은 귀를 파주겠냐고 한다.

버스를 타고 이른 점심을 먹었다. 문을 연 식당이 없어서 맥도날드에 갔다. 스파이스치킨
버거는 군더더기 없이 전형적인 맛을 선사해 주었다. 올드 델리는 속된말로 난장판이었다.
차선은 장식보다 못했고 신호등 없는 교차로는 각자 리듬으로 울리는 경적이 대신했다.
향신료 시장은 50킬로그램 푸대에 담은 고추와 후추를 가득 담은 수레들이 보이지 않는
길 (적어도 내 눈에는)을 따라 흘러갔다. 무겁게 싣고 내릴 때마다 바싹 마른 공기를 타고
가루들이 흩날렸다. 처음에는 견딜 만했지만 결국 눈물이 빠질 만큼 재채기를 했다.

맥도날드. 올드델리. 향신료 시장과 사람을 오가면서 오토릭샤를 탔다.
릭샤는 인력거에서 나온 말이다라고 알고 있다.? 삼륜 오토바이인데 뒷모습이 동글어
무척 귀엽다. 하지만 뒷자리에 타서 난장판 도로에 접어드는 순간 공포가 밀려왔다.
오른쪽. 왼쪽, 앞, 뒤로 릭샤. 오토릭샤. 자동차. 사람들까지 겁없이 다가왔다. 경적소리와
매연은 덤이었다. 말도 안돼. 말도 안돼 혼잣말을 되까리며 달리는 와중에 시멘트로
만든 중앙 분리대 위에 누워자는 사람이 지나갔다. 이 정도면 신선이 아닐까 싶었다.
악몽같은 라이딩이었지만 어이없게도 재미있었다. 이거 통영에 갖다놓고 싶다는 마음이
들었다. 새 거는 얼마나 할까 궁금하다.

하늘에는 느닷없이 매인지 독수리인지 떼 지어 몰려 날아들었다. 신기해할 쯤이면
'이 정도면 다 봤지' 라고 하듯 깨끗하게 사라졌다. 아시아에서 가장 크다는
자미 마지드 이슬람 사원에도 들렀다. 정결의식은 거대한 앞마당에 마련된 연못물로 했다.
손 닦고 발 닦고 귀 닦고 입속까지 헹궜다. 건전한 상식으로는 저 물을 입에 넣는 건 정결.
정결과 무척 거리가 멀었다. 대장균이 이슬람신자는 너그럽게 패스해줄지 모르겠다.
4시까지 아직 조금 남았다.

'인도 사람들은 딱 세 단어로 정리할 수 있어요. 무책임. 이기적. 거짓말'

촬영 팀이 카메라를 꺼내자마자 사람들이 모여들었다. 촬영 감독한테 기념사진을 잘 찍어주겠다며 호객 행위를 하였다. 하지만 감독이 거부하자 바로 투철한 '아님 말고' 정신을 보여주었다. 우리한테는 녹슨 작은 양철 가방을 달랑달랑 들고 와서는 귀를 파주겠다고 했다. 곱게 넘긴 머리카락엔 윤기가 가득했고 손톱 밑의 때는 머리카락만큼 까맸다.

'델리스러운' 식당에서 이른 점심을 먹으려고 했으나 문을 연 곳이 없었다. 할 수 없이 맥도널드에 갔다. 스파이스 치킨 버거는 세계 어디서나 똑같은 인터내셔널한 표준의 맛을 뿜냈다.

'세상을 비추는 모스크'란 뜻인 자마 마스지드 앞에서

모스크에 가려고 오토릭샤를 잡았다. 오토릭샤는 인도의 대표적인 교통수단으로 일본어인 '진리키샤(인력거)'에서 따온 말이다. 자동식 인력거인 오토릭샤는 삼륜 오토바이인데 노란 천으로 둥글게 감싼 뒷모습이 무척 귀여웠다. '요 녀석 참 이쁘게 생겼네'라고 생각하며 흐뭇하게 뒷자리에 올랐다. 그러나 도로에 접어들자마자 순식간에 공포가 밀려왔다. 오른쪽, 왼쪽, 앞, 뒤로 릭샤, 오토릭샤, 오토바이, 소, 자전거, 자동차에 사람들까지 겁 없이 달려들었다. 장식만도 못한 차선을 따라 신호등조차 없는 교차로에 이 모든 것들이 엉겨 붙어 있었고 쉴 새 없이 빵빵거리는 클랙슨 소리가 들렸다. 더러운 공기와 먼지, 시궁창 냄새까지 겹쳐 그야말로 난장판이었다. '말도 안 돼. 말도 안 돼.' 혼잣말을 뇌까리며 달리는데 콘크리트로 만든 중앙분리대 위에 한 남자가 죽은 채 놓여 있는 것이 보였다. 아니구나. 죽은 듯이 낮잠을 자고 있었다. 올드델리에서 부활한 오쇼 라즈니쉬를 보았다. 오토릭샤와 함께 한 델리 교통 연수를 마치고 무사히(?) 모스크에 도착했다. 악몽이었지만 아드레날린은 머리끝까지 솟아올랐다. 돌이켜보면 미친 생각이었지만 통영에 오토릭샤를 한 대 갖다놓고 싶었다. 그래서 그 와중에도 내리면서 기사 양반에게 물었다. "새 거는 한 대에 얼마예요?"

인도에서 가장 큰 자마 마스지드, '세상을 비추는 모스크'에
도착했다. 모스크에 들어가려면 반드시 정결 의식을 거쳐야
한다. 이곳을 찾은 무슬림은 예외 없이 거대한 앞마당에 있
는 연못에 담긴 물로 손 닦고 발 닦고 귀 닦고 입속까지 헹궜
다. 저 거무스름한 물로 입을 헹구는 건 건전한 상식으로 봤
을 때 정결이나 청결과는 아주 멀었다. 대장균이 이슬람 신
자는 너그럽게 봐주나 보다.

오토릭샤를 타는 내내 '말도 안 돼'를 중얼거리며 후회했다.

막힌 코를 시원하게 뚫어주는
향신료 시장

'델리스러운' 거리 스케치 작업은 계속되었다. 모스크를 거쳐 향신료 시장에 들렀다. 후추와 고추 그 외 갖가지 향신료가 50킬로그램씩 포대에 담겨 거래되었다. 시장 안 도로에는 차선도 신호도 없는데 향신료가 든 포대를 가득 실은 수레들은 그 혼잡한 도로들 사이로 부딪치지도 엉키지도 않고 제 갈 길을 잘도 찾아갔다. 마치 배나 비행기 항로처럼 우리 눈에는 보이지 않지만 그들 눈에만 보이는 길이 있는 것 같았다.

포르투갈의 항해자 바스쿠 다 가마는 아프리카 대륙의 남쪽 끝 희망봉을 돌아 인도로 가는 바닷길을 개척했다. 크리스토퍼 콜럼버스는 아메리카 신대륙에 다다르자 '여기가 인도'라고 우겼다. 아랍 상인들은 동쪽 먼 곳은 괴물들이 득실거리는 위험한 땅이라고 거짓말을 했다. 이유는 한 가지였다. 인도에서 은보다 귀한 향신료인 후추가 생산되었기 때문이다.

SPICE MARKET

바스코 다가마가 희망봉을 돌아 인도로 가는 바닷길을 개척하고 콜럼버스가
아메리카 신대륙에 다다르자 여기가 인도라고 우기고 아랍상인들이 동쪽
먼 곳은 괴물들이 득실거리는 위험한 땅이라고 거짓말을 했다. 이유는 모두
같았다. 인도에서 은보다 귀한 향신료인 후추가 생산되었기 때문이다.
델리 향신료 시장에는 먼지 대신 매콤하고 알싸한 향신료 가루들이
떠다녔다. 덕분에 시장 골목을 나서기 전까지 재채기를 멈출 수 없었다.

Big Head _ Think Big.

Eyes
_ Concentrate

Large Ears
- Listen More

Small Mouse
- Talk Less

Large Stomach
- Peacefully
digest all good
and bad in life

GANESHA

SPICE MARKET IN OLD DELHI

He is the son of Shiva and Parvati.

He is god of wisdom, sucess and good luck.

향신료 가게는 후추뿐만 아니라 정향, 육두구, 피스타치오와 각종 견과류까지 푸짐하게 쌓아두고 손님을 기다렸다. 가게마다 사람 몸에 코끼리 머리를 지닌 힌두신인 가네샤를 모시고 있었다. 가네샤는 먹성 좋은 채식주의자로 인생에 벌어지는 좋고 나쁜 일까지 깨끗하게 소화시키는 대식가이다. 머리가 좋고 말수는 없으며 다른 사람 이야기는 무척 잘 들어준다. 지혜와 성공, 행운을 가져다주는 신이다. 향신료 포대를 싣고 내릴 때마다 바싹 마른 공기를 타고 향신료가 흩날렸다. 처음에는 견딜 만했지만 재채기가 한번 터지면 끝날 줄 몰랐다. 후추와 고춧가루 때문에 콧물까지 흘려가며 엉엉 울었다.

여느 가게에서나 쉽게 볼 수 있는 힌두신 가네샤와 파르바티

RAJENDRA
GANGANI

까딱을 알면
발리우드가 보인다?

발리우드Bollywood(인도 영화 산업) 영화를 보면 로맨스나 역
사극은 물론이고 액션이나 SF영화에서도 배우들이 느닷없
이 떼춤을 춘다. 중독성 있는 손동작과 발동작 그리고 묘하
게 끌리는 표정까지 이 떼춤의 근원은 바로 까딱 댄스이다.
까딱kathak 댄스는 인도의 전통 춤이다. 까딱은 산스크리트어
로 이야기란 뜻이며, 까딱카kathakar, 즉 까딱 연주자는 그래
서 예로부터 이야기꾼이었다. 그들은 음유시인처럼 이곳저
곳을 돌아다니며 인도의 위대한 서사시나 고대로부터 내려
온 전설을 춤과 노래, 음악으로 보여주고 들려주었다. 이야
기를 들려준다는 점에서 까딱과 영화는 궁합이 잘 맞는가
보다. 까딱 댄스를 살펴보러 까딱을 가르치는 학교를 찾았다.

까딱 켄드라는 까딱을 가르치는 5년제 국립학교다. 구루지 guruji(큰 스승) 라젠드라 강가니를 만났다. 그는 다섯 살부터 까딱을 시작했고 인도 대통령의 딸도 찾아와 춤을 배웠을 만큼 실력이 있고 유명하다. 학생들은 수업을 시작하기 전에 큰절을 올리고 발등에 입을 맞췄다. 구루지에 대한 존경과 예의를 담은 인사였다.

구루지가 까딱 댄스 시범을 보여주었다. 리듬을 쪼개가며 쉴 새 없이 두드리는 타블라(손으로 두드리는 드럼 두 개로 구성된 전통 타악기)에 맞춰 춤을 추었다. 그 안에 신이 깃든 것처럼 우아했고 마치 신처럼 권위 있어 보였다. 인도에 오기 전에 그를 유튜브에서 찾아보았었다. 이란 무식자에 이어 인도 무식자 눈에는 과장된 표정이 조금 우스꽝스러웠다. 까딱에서 이야기를 전하는 데 있어서 얼굴 표정은 손이나 발 동작보다 더 큰 비중을 차지한다는 사실을 내가 알 리가 없었다.

2018년 10월 3일 (수)

까딱댄스 양대 산맥 중 하나인 깡가니 가문에 찾아갔다. 라젠드라 깡가니는 대통령의 딸이 찾아와서 춤을 배울 만큼 실력 있고 유명하다. 까딱 켄드라는 까딱을 가르치는 국립학교이다. 3년+2년으로 총 5년제 학교이다. 학생들은 수업 시작하기 전에 깡가니 앞에서 군절을 올린 다음 발등에 입맞춘다. 선생. 스승. 그루지에 대한 예의와 존경을 나타내는 인사라고 했다. 그루지가 먼저 시범을 보여주었다. 리듬을 쉼없이 쪼개가며 두드리는 따블라에 맞춰 춤은 힘있게 계속되었다. 내 안에 신이 들어있는 것처럼 아니 내가 곧 신인 것처럼 때론 우아하게 때론 권위있게 춤을 추었다. 'Kathak is storytelling' 말 그대로 까딱은 춤으로써 신의 이야기를 들려주었다. 다섯 살 때부터 지금까지 신의 이야기를 들려준 깡가니. 그에게 춤과 신은 어떤 의미인지 묻고 싶었다.

학교에 오면 학생들은 요가 수업으로 시작한다. 오전에는 까딱을 연습하고 오후에는 리듬과 악기, 노래를 배운다. 리듬을 모르면 까딱을 출 수 없기 때문이다.

'The Kendra endeavours to keep alive the dialogue and debate to foster this spirit of growth, diversity and evolution.'

학생들과 격의없이 이야기하고 웃고 즐기는 모습이 참 인상적이었는데 이유가 있었다.

학교에 오면 학생들은 요가 수업을 시작으로 오전에는 까딱을 연습하고 오후에는 리듬과 악기, 노래를 배운다. 리듬을 모르면 까딱을 제대로 출 수 없기 때문이다. 구루지는 학생들과 무척 편하게 이야기하며 웃고 즐겼다. 학교 입구에는 '까딱 켄드라에서는 살아 있는 대화를 나누고 논쟁도 합니다. 성장과 다양성, 진화의 정신을 기르기 위해서입니다. The Kendra endeavours to keep alive the dialogue and debate to foster this spirit of growth, diversity and evolution'라고 쓰여 있었다. 학생들과 격의 없이 이야기하고 웃고 즐기는 모습이 참 인상적이었던 데는 이유가 있었던 것이다.

수업이 시작되기 전 학생들은 모두 구루지(큰 스승)에게 큰절을 올리고 발등에 입을 맞춘다.

힌두 사원에서
열린 작은 연주회

비틀즈 멤버인 조지 해리슨은 라비 샹카르에게 시타르를 배우러 인도에 온 적이 있었다. 라비 샹카르는 인도의 전설적인 시타르 연주자로 밥 딜런, 에릭 클랩튼과 연주한 실황 앨범이 그래미 상을 수상하기도 했다. 영화 〈조지 해리슨〉에서 보았는데 시타르 연주는 무척 섬세하고 화려했다.

우리 일행은 인도 전통악기를 보러 델리국립박물관의 악기 전시실을 둘러보았다. 인도의 대표적인 현악기 시타르, 음악과 지혜의 여신 사라스바티가 들고 있는 비나, 작지만 섬세한 소리를 내는 사랑기, 그 외 다른 악기도 무척 많았다. 평소라면 이런 종류의 전시실은 과감히 건너뛰었을(?) 테지만 오늘은 촬영을 하느라 천천히 둘러보았다. 델리대학교 음악미술대학 학장이자 시타르 연주자인 수니라 카슬리왈이 왔다. 인도 전통악기 전문가로 악기들을 설명하면서 자신이 쓴 책을 깨알같이 홍보하였다.

Saraswati is the Hindu goddess of wisdom, knowledge, music and all the creative arts. She is the Mother of the Vedas and the repository of Brahma's creative intelligence. Goddess Saraswati is the wife (consort) of Lord Brahma and is also called Vak Devi; the goddess of Speech. She possesses the power of speech, wisdom and learning.

Usually dressed in white (sign of purity), Saraswati holds a palm leaf scroll, indicating knowledge. Her vehicle is swan. She plays music of love and life on the Veena.

She is worshipped especially on Basant Panchami, celebrated on the onset of spring; the festival is celebrated on the day (5th) of the lunar month of Magh. It marks the beginning of new life with yellow mustard flowers starting to bloom.

MRIDANGAM

N. PADMANABAN

VEENA

SARASWATI RAJAGOPALAN

2018년 10월 4일 (목)

인도 전통 악기를 만난다. 비틀즈의 조지 해리슨이 싯타르 연주를 배우러 인도에 왔던가. 다큐멘터리에서 보았는데 섬세하고 화려했다. 국립 박물관에 들러 악기 전시실에 갔다. 음악과 지혜의 여신 사라스와띠가 들고 있는 비나. 인도의 대표적인 현악기인 싯타르. 작지만 섬세한 소리를 내는 사랑기에 다른 몇 가지 악기들이 모여 있었다. 평소라면 과감하게 건너뛰었을(?) 전시물이었지만 취재를 위해 천천히 둘러보았다. 델리대학교 음악 미술대학 학장이자 싯타르 연주자인 수니라 카울리왈이 왔다. 인도 전통악기 전문가로 틈틈이 자신이 쓴 책을 부지런히 홍보했다.

오후에는 힌두사원에서 비나 연주자가 실제로 연주하는 모습을 보았다. 비나는 원래 현악기를 가리키는 말이었다. 오늘은 사라스와띠 비나로 연주했는데 4현에 울림줄이 달려 있는 남인도 대표 악기다. 김PD는 최고의 연주자는 아니라고 귀띔해 주었다. 하지만 내 귀에는 무척 훌륭하게 들렸다. 싯타르보다 단순하지만 그래서 더 편안했다. 따블라 리듬을 잘게 쪼개 나갈수록 델리를 떠나 남인도를 거쳐 이비자까지 나는 기분이었다. 그럼 그럴 때 들어도 (노동요!) 때 잘 어울릴 듯하다.

자기 PR의 달인 학장님이 저녁에 집으로 오라고 초대했다. 예정에 없었지만 싯타르 연주에 이란에서 온 악기 연주자까지 온다고 해서 염치 무릅쓰고 찾아갔다. 밤에 연주를 하면 시끄럽지 않을까 조심스레 물었는데 '노 쁘라블럼' 우리집 닭세 거. 라고 대꾸했다. 음. 역시. 델리대학교 안에 판사였다. 진짜 컸다. 허언은 아니겠구나. 짜이 한잔 기대했는데 면요리랑 모모(튀긴 만두를 닮았다) 바나나까지 챙겨주었다. 차 감독은 악기 전문가라고 해서 연주를 다 잘하는 건 아닐 수도 있다고 슬쩍 집어주었다. 그럴 수도 있겠다 싶었는데 웬걸 싯타르를 잡는 순간 또로로롱~ 원 감독의 표현대로 빛이 흘러나왔다. 싯타르 기본 연주법은 의외로(?) 간단했다. 현을 튕기거나 당기거나 한번에 튕기고 당기거나. 세 가지였다. 그리고 기본 스케일을 바탕으로 연주하는데 나머지는 오롯이 연주자의 임프로바이제이션과 창의성에 달려 있었다. 결국 똑같은 연주는 애초부터 있을 수 없으며 미리 단련히 예측할 수도 없다. 마치 스케치나 시안 없이 하나씩 풀어 나가는 내 그림 방식과 크게 다르지 않았다. 그래도 되는구나. 아니 그래야 진짜 재미나는 게 나오는구나. 인도에 와서. 노 쁘라블럼 콘집에 와서. 학장님 연주를 들으며 다시 한번 확신하게 될 줄 몰랐다. 학장님은 돌아가는 순간에 책을 지금 살 수 있다고 깨알 홍보를 하겠다.

오후에는 힌두 사원에서 비나 연주자가 실제로 연주하는 모습을 보았다. 비나는 원래 모든 현악기를 가리키는 말이다. 오늘은 사라스바티 비나로 연주했는데 4현에 울림줄이 달려 있는 남인도의 대표적인 악기다. 김 피디가 연주는 잘 하지만 최고는 아니라고 미리 귀띔해주었지만 내 귀에는 무척 훌륭하게 들렸다. 시타르보다 단순하고 소리도 작았지만 더 편안했다. 델리를 떠나 남인도를 거쳐 이비자까지 날아가는 기분이었다. 그림을 그릴 때 노동요로 삼아도 꽤 잘 어울릴 듯했다. 무엇보다도 연주자가 가만히 앉은 채 손만 움직여서 연주를 하니 그림을 그리기에 참 좋았다. 다 그린 다음 연주자에게 보여주었더니 무척 만족했다. 그림 밑에 직접 자신의 이름까지 써주었다. 이번에는 촬영 분량이 좀 나왔는지 모르겠다.

VEENA

비나 연주자가 내 그림 위에 자신의 이름을 써주었다.

Rhythm is
Universal

깨알 홍보를 했던 학장이 저녁에 집으로 오라고 초대를 했다. 예정에는 없었지만 시타르 연주에 이란에서 온 톰박 연주자까지 온다고 해서 염치 무릅쓰고 찾아갔다. 밤에 연주를 하면 시끄럽지 않겠냐고 조심스레 물었더니 "노 쁘라블럼. 우리집 되게 커"라고 대꾸했다. 허세까지 만점이었다.

델리대학교 관사였는데 진짜 컸다. 빈말이 아니었던 것이다. 그녀는 멋진 옷으로 갈아입고 우리를 맞이했다. 짜이 한 잔이나 비스킷 정도를 기대했는데 짜이는 물론이거니와 바나나와 면 요리, 인도식 튀김만두인 모모까지 푸짐하게 챙겨주었다. 차 감독은 악기 전문가라고 무조건 연주도 잘하는 건 아니라며 일단 지켜보자고 했다. 그럴 수도 있겠다 싶었는데 웬걸, 시타르를 잡는 순간 '또로로롱~' 하며 원 감독 표현대로 악기에서 빛이 흘러나왔다.

시타르 기본 연주법은 언뜻 보기에는 간단(?)한 것 같았다.
현을 튕기거나, 당기거나, 튕기고 당기거나, 딱 세 가지였다.
기본 스케일을 바탕으로 나머지는 연주자가 알아서 즉흥
연주로 채웠다. 결국 똑같은 연주란 있을 수 없으며 어떤 연
주가 될지는 실제로 해봐야 안다. 스케치나 시안 없이 곧바
로 그리는 내 그림과 다르지 않았다. 그래도 되는구나. 그래
야 더 재미나는 게 나오는구나! 인도에 와서 예정에 없던 초
대를 받아 멋진 시타르 연주를 들으며 나와 내 그림을 한 번
더 믿게 되었다.

시타르와 타블라 연주가 무르익자 이란 연주자는 톰박으로,
원 감독은 장구로 슬며시 끼어들었다. 즉석에서 인도, 이란,
대한민국 3개 국가 음악가들의 불꽃 튀는 잼 공연이 열렸다.
차 감독은 음악에 맞춰 즉흥으로 춤을 선보였다.

타블라(좌)와 시타르(우) 연주

난 웬만해서는 다른 사람을 부러워하지 않는다. 직장을 그만두고 프리랜서로 그림을 그리기 시작한 뒤부터 늘 만족하며 지냈다. 하지만 딱 하나 부러운 게 있다면 '유니버설'한 언어를 다루는 모습을 볼 때다. 예를 들어 복잡한 수식으로 된 논문을 전 세계 과학자들이 공유하거나 다른 언어를 쓰는 예술가들이 함께 연주하거나 춤을 출 때다. 오늘은 그 중에서 음악과 춤을 한꺼번에 보는 행운을 누렸다. "Rhythm is Universal." 타블라 연주자가 내게 해준 말이었다. 물론 그림도 유니버설한 측면을 지니지만 혼자 하는 작업이다 보니 춤이나 음악처럼 함께 작업하는 경우는 거의 없다. 몹시 부러웠다. 성공적으로 잼 공연을 마쳤고 숙소로 돌아왔다. 학장은 배웅하는 순간까지 지금도 책을 살 수 있다며 홍보를 게을리하지 않았다.

연주하는 모습을 보고 그리는 나

"**Rhythm is Universal.**" 마블라 연주자가 건넨 한마디.

Saraswati

사실 난 웬만해서는 다른 사람이나 다른 상황을 부러워하지 않는다. 덕분에
그림을 시작한 뒤 만족하며 즐긴다. 하지만 딱 하나 부러운 건 '유니버설'한 언어를
다루는 모습을 볼 때다. 예를 들면 복잡한 수식으로 된 논문을 함께 공유하거나
몸짓 언어/ 춤을 함께 춘다든가거나 리듬과 멜로디로 합주를 할 때다. 이중에서
오늘밤 한 가지를 보았다. 인도의 따블라, 이란의 톰박 그리고 한국의 장구가
만나 신나게 음악을 만들었다. 각자 리듬을 헤아리고 강약을 조절하며 끊임없이
이어나갔다. 'Rhythm is universal' 따블라 연주자가 내게 해준 말이다.
그림도 유니버설하지만 모르는 사람들이 만나 함께 연주하는 경우는 좀처럼 없으니까.
그래서 부러웠다. 몹시. 조만간 이란에도 활영갈 예정인데 오늘 이란 연주자는
정말 운좋게 만났다. 학장이 가르치는 학생이었다.

GURUJI
BIRJU MAHARAJ

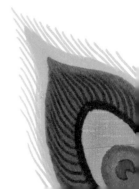

인도 전통음악의
큰 스승을 만나다

까딱을 대표하는 또 하나의 가문인 럭나우 가나라의 마지막 후손인 비르주 마하라지를 만났다. 38년생이니까 우리 나이로 여든이 넘었다. 네 살 때부터 까딱을 시작했단다. 거동이 불편해서 계단을 오를 때는 제자들이 부축했다. 하지만 까딱을 보여줄 때는 눈빛이 달라졌다. 젊은 제자들처럼 온몸을 다 쓰지는 못해도 얼굴 표정과 손동작은 무척이나 부드럽고 풍부했다. 신이 악과 당당히 맞서거나 여성이 남자를 유혹하거나 사슴이 겁을 먹고 달아나는 모습을 아무렇지 않게 넘나들었다. 왜 다들 기꺼이 '팬딧(뛰어난 음악가)'이나 '구루지(큰 스승)'라고 부르는지 알 것 같았다.

BIRJU MAHARAJ

까딱을 대표하는 또하나의 가문인 럭나우 가라나의 마지막 후손 비르주 마하라지를
만났다. 38년생. 우리 나이로 여든이 넘은 나이인데도 까딱을 보여줄 때는 눈빛이
달라졌다. 비록 온몸을 젊은이처럼 세게 쓰지는 못해도 표정과 손동작은 거짓말처럼
부드럽고 섬세했다. 왜 주변에서 그를 부를때마다 한없는 존경을 담아 '그루지'
(스승님)이라고 하는지 알겠다. 네 살때부터 지금껏 까딱을 추어 왔으니 그럴 수밖
수제자인 사스와티도 60대 후반인데도 춤을 출 때는 아름답더라는 말이 절로 나온
나이 들도록까지 아름다우려면 춤춰라! 취재할 머릿나는 다르지만 말이다.

수제자인 사스와티 센도 환갑이 지났지만 춤을 출 때는 힘이 넘치고 무척이나 아름다웠다. '나이 들어서 아름다우려면 노래하고 춤을 춰라.' 그는 어린 제자가 까딱 댄스를 추는 모습을 흐뭇하게 바라보며 직접 하모니움(풍금처럼 손으로 바람을 불어 넣으며 연주하는 건반악기)도 연주했다. 차 감독은 구루지에 대한 예의로 두 무릎을 꿇고 이야기와 동작 하나하나를 정중하게 배웠다.

구르지에게 배우는 내내 차 감독은 무릎을 꿇고 깍듯하게 배웠다.

KALBELIA DANCERS

집시의 원조,
칼벨리아 부족을 만나다

델리에서 비행기로 조드푸르에 도착했다. 김종욱이 아니라 칼벨리아 부족을 찾아 나섰다. 공항에서 인도 서쪽 라자스탄 삼라우까지 버스로 2시간을 달렸다. 조드푸르는 블루시티라고 부른다. 파란색으로 칠한 오래된 건물이 많이 남아 있기 때문이다. 블루시티라 버스 커튼도 모조리 인디고 블루, 짙은 파랑이었다. 그런데 나중에 다시 돌아보니 조드푸르는 옅은 하늘색에 가까웠다. 차창 밖으로 건조한 먼지가 휘날렸고 딱히 볼 만한 풍경도 없었다. 버스 앞에 걸려 있는 녹색 옷을 걸친 푸른 힌두신을 노려보다 잠이 들었고 어느새 마을에 도착했다.

칼벨리아 마을은 마을이라고 부르기에는 빈 땅이 너무 많았다. 푸석한 흙과 잡목들 사이로 간신히 집 두 채가 보였다. 칼벨리아 부족은 이곳저곳을 떠돌며 음악과 춤으로 먹고사는 유랑 예술인 집단이자 공동체였다. 부족의 일부가 유럽까지 가서 집시의 원조가 되었다. 학교도 선생도 따로 없었다. 엄마가 춤을 가르치면 딸과 이모가 배워서 함께 공연했다. 오늘 공연할 두 명의 무용수도 마찬가지였다. 해 질 무렵 사막에서 공연을 펼쳤다. 모닥불을 피워놓고 악단의 연주에 맞춰 춤을 추었다. 검은 천 위에 술과 레이스, 갖가지 장식을 달아 무척 화려했다. 손과 몸은 무척 요염하게 꿈틀거렸는데 뱀을 따라한 거였다. 말하자면 뱀 춤인 것이다. 허리를 뒤로 잔뜩 꺾어 바닥에 놓인 반지와 돈을 눈으로 집는 기예를 보여주기도 했다. 악단의 리더는 연주를 하지 않고 밤늦도록 선글라스를 쓴 채 섭외, 진행, 수금까지 돈과 관련된 일만 도맡았다. 그는 칼벨리아 부족이 지금 어떤 형편인지 영어로 또박또박 설명해주었다. 마을에서 유일하게 대학을 나온 이른바 '배운 사람'이었다.

칼벨리아 마을에서 만난 무희들과 차 감독

"여기에는 학교도 병원도 일자리도 없습니다. 배운 게 없으니 일자리를 구할 수도 없습니다. 음악은 우리의 유일한 직업이자 삶입니다. 음악은 공동체에서 자연스럽게 배웁니다. 유네스코 문화유산으로 지정된 무형문화재입니다."

세계적으로 가치는 인정받았지만 그들은 여전히 가난했고 생활은 녹록지 않았다. 공연을 마치고 입었던 의상을 벗어 차 감독에게 팔려고 애를 썼다. 오래되었지만 한 땀 한 땀 손으로 정성스럽게 만든 옷이었다. 예술로 먹고살기. 사람이 산다는 게 다 비슷하겠지만 무형문화 예술로 먹고사는 이들의 모습이 눈물나게 처연했다. 옷에 잔뜩 밴 땀 냄새마저 몹시 쓸쓸하게 느껴졌다.

뱀 피리와
코브라 춤

칼벨리아 부족은 예로부터 뱀을 잘 다뤘다. 뱀을 잡거나 뱀독을 팔아 먹고살았다. 그들은 코브라를 숭배했다. 뱀 춤을 추고 뱀과 닮은 옷을 입었다. 뱀으로 먹고살았지만 결코 죽이지는 않았다. 터번을 쓴 악사가 피리를 불고 코브라가 춤추는 모습도 칼벨리아에서 유래한 것이다. 그 모습 그대로 악사가 피리를 연주했다. 코브라는 없냐고 물었더니 그냥 배시시 웃었다. 야생동물보호법 때문에 더 이상 뱀을 다루지 않는 모양이었다. 코브라는 없지만 코브라 피리는 실컷 보았다.

in JODHPUR

풍기 (pungi) 또는 빈 (been), 쉽게 말해 인도 코브라 피리는 두개의 피리가
붙어있는 구조다. 하나는 지속음을 내고, 나머지는 음계를 맡는다. 우리나라에는
전해지지 않았는데 소리가 너무 요사스러워 그런게 아닌지...

풍기pungi 또는 빈been이라고 하는데 두 개의 피리가 가운데 불룩한 부분에 붙어 있는 구조다. 하나는 지속음을 내고 나머지는 음계를 맡는다. 우리나라에는 전해지지 않았다. 원감독은 소리가 너무 '요사스러워' 한국 사람들의 정서에는 맞지 않았을 거라며 그 이유를 조심스레 추측했다.

사막에서 칼벨리아 부족의 연주를 듣다.

한밤의
루프탑 파티

촬영을 마치고 마을로 돌아왔다. 오늘 밤 마을에 묵을 예정인데 선글라스 매니저가 옥상에 저녁을 차릴 테니 음악이나 들으면 어떻겠냐고 물었다. 딱히 갈 데도 없고 공연도 재미있을 것 같아 바로 그러자고 했다.

밤은 금방 찾아왔고 별들은 성급하게 반짝거렸다. 작은 백열등으로 튼실한 나방들이 다닥다닥 몰려들었다. 물총새 맥주를 마시며 저녁을 먹었다. 사막에서는 전통 복장을 입고 연주했던 친구들이 편한 옷으로 갈아입고 신나게 연주를 했다. 술도 마셨겠다, 어두워졌겠다, 루프탑이겠다(?) 너나 할 것 없이 어울려 춤추고 놀았다. 바로 눈앞에서 두드리는 드럼과 장구 소리는 흥을 돋우는 데 출력 좋은 스피커에서 쏟아지는 EDM 사운드 못지 않았다.

처음 인도에 왔을때 우린 분명 다른 세계사람들이라
하지만 음악가 ○○는 밤하늘에 모여앉아 같은 박자
싶었다. 우리는 결국 누구로부터 태어나고 한명도 예외
우리 모두의 ○○○ ○○○○ ○○ 우리 모두는
다를바없다. ○○○○ ○○○ ○○이 여행이
○어가고 우리○ ○○○○ ○○○○고
거워진○

자기들은 그림 속에 없다고 그려○
대학을 나온 친구는 행사 섭외. 친○
자기도 음악을 연주한다고. 옆 친○
호기심이 무척 많다. 헤어스타일○

생김도 다르고 말도 다르고 뭐가로 다르고 경쟁거리로 달렸까.

고 춤을 춘 다음에 내가 잘못 생각할 수도 있겠구나

도 돌아간다.... 그 사이에 짧은 만남. 그게 나와 너

연 가는 앉고보면

받은

너얼더

고엽어

ㅏ. 동네에서 유일한

누굼까지 은맞아

들어주는 친구로

ㅏ. 또 없어? 그럴 사람?

처음 인도에 왔을 때 우리는 분명 다른 세계에 속한 사람들이라고 믿었다. 생김새도 다르고 말도 다르고 물가도 다르고 걱정거리도 달랐다. 하지만 은하수가 흐르는 밤하늘에 모여 앉아 같은 박자로 노래하고 춤을 춘 다음엔 내가 잘못 생각했었을 수도 있겠구나 싶었다. 우리 모두는 결국 누군가의 몸을 빌려 태어나고 한 명도 예외 없이 별로 돌아간다. 그 사이에 이루어지는 짧은 만남. 그게 나와 너 우리 모두의 전부다. 알고 보면 다를 바 없다. 여행이 나를 깨운다. 밤은 깊어 가고 우리의 여행은 더욱 즐거워진다. 고맙다.

음악을 들으며 나방을 쫓으며 그림을 그렸고 오글거리는 글까지 썼다. 정말 멋진 밤이었다. 다음 날 아침 선글라스 매니저는 저녁 식비와 맥주 값과 함께 공연비까지 알뜰하게 청구했다.

한밤에 루프탑(?)에서 펼쳐진 칼벨리아 음악 파티

동트는 사막에서
허세 쩌는 인증샷을

원 감독과 나는 한 방을 썼다. 침대가 보이면 일단 누워버리는 나와 달리 원 감독은 꼿꼿하게 앉아 있다가 딱 잘 때만 누웠다. 피리 상자에 사라스바티를 그려주기로 했다. 무척 기뻐했다. (근데 아직까지 그리지 못했다. 죄송합니다, 감독님.)

다음 날 새벽 4시에 일어났다. 해 뜨는 모습을 배경으로 인스타그램에 올릴 허세 쩌는 인증샷을 찍기 위해서였다(다면 반은 거짓말이고 다큐멘터리에 넣을 장면을 찍기 위해서였다)다. 아무도 없는 캄캄한 길을 따라 마을과 5킬로미터 떨어진 사막 언덕에 올랐다.

동트는 사막에서 찍은 허세(?) 가득한 인증샷(사진ⓒ 김태현)

조드뿌르에서 버스로 두 시간을 달려 깔벨리아 마을에 도착했다. 블루시티라는 걸 애써 보여주려는 듯 버스커튼은 모두 인디고 블루, 짙은 파랑이었다. (나중에 직접 가보니 옅은 하늘색에 가까웠다.) 풍경은 건조한 먼지가 날리는 모습이 반복되었다. 버스 안에 걸린 녹색 옷을 입은 푸른 힌두신을 오려보다 잠이 들었다. 마을은 마을이라 하기에는 너무 빈 땅이 많았다. 푸석한 흙과 잡목들 사이에 드문드문 두 채가 보였다. 집시의 원형으로 유럽을 떠돌며 음악과 춤으로 먹고사는 유랑예인이자 공동체였다. 학교나 선생이 따로 없고 엄마, 아빠, 이웃이 곧 배움터였다. 이를테면 엄마가 춤을 가르치면 딸과 이모가 함께 공연하는 식이었다. 춤은 테크닉이 뛰어나기보다는 화려한 의상이 더 큰 볼거리였다.

다음날 아침 사막에서 해뜨는 모습을 배경으로 영상을 찍기 위해 새벽4시에 일어났다. 5킬로미터 떨어진 모래언덕을 올랐다. 뻥 뚫린 하늘은 마치 둥그런 천정처럼 머리 위를 덮었다. 황금 속눈썹처럼 달은 예리하게 반짝거렸고 하늘은 땅에 가까운데부터 분홍빛으로 밝아졌다. 원 감독은 태평소를 불었다. 차 감독은 모래에 발자국을 남기며 춤을 추었다. 나는 두 사람을 그렸다. 태양이 떠올라 하늘이 뜨겁게 달아오를때까지 부르고 추고 그렸다. 머리 위로 드론이 풍뎅이 소리를 내며 날아다녔다. 어쩌면 인생에서 가장 멋진 아침일지도 모르겠다.

'여기에는 학교도 병원도 일자리도 없습니다. 배운게 없어서 일자리를 구할수도 없습니다. 음악은 우리의 유일한 직업이자 삶입니다. 음악은 공동체에서 자연스럽게 배웁니다. 유네스코 문화유산으로 지정된 무형문화재 입니다.'

그럼에도 깔벨리아 사람들 생활은 그리 쪼들려 보이지 않았다. 땀냄새 가득한 의상을 춤을 가르치는 엄마가 애써 펼쳐고 했다. 예술로 먹고살기. 다른 삶도 마찬가지겠지만 눈물 나게 처연하다. 그들에게서 나는 땀 냄새가 그래서인지 몹시 쓸쓸했다.

조드뿌르는 푸른색 벽보다 옥상위 흰색 물통이 더 인상적이었다.
(왜 우리나라는 노란색 아니면 새파란색일까.)

뻥 뚫린 하늘은 둥그런 천장처럼 머리 위를 덮었다. 그믐달은 황금 속눈썹처럼 예리하게 반짝거렸고 사막과 붙어 있는 하늘부터 분홍빛으로 밝아졌다. 원 감독은 태평소를 불었다. 차 감독은 모래에 발자국을 남기며 춤을 추었다. 나는 두 사람을 그렸다. 태양이 떠올라 하늘이 뜨겁게 달아오를 때까지 부르고 추고 그렸다. 머리 위로 드론이 풍뎅이 소리를 내며 날아다녔다. 인생에서 가장 멋지고 허세 쩌는 인증샷을 찍은 아침이었다.

하드코어
바라나시

칼벨리아 부족과 헤어지고 조드푸르로 돌아와 하루를 묵었다. 다음 날 델리를 거쳐 바라나시에 밤늦게 도착했다. 공항에는 불꽃을 들어올리는 푸자 의식(힌두교에서 신을 향해 기도하거나 경배하는 의식이다. 매일 저녁 갠지스 강가에서 벌어지는 푸자 의식은 주민뿐만 아니라 관광객들에게도 무척 인기가 높다) 사진이 크게 걸려 있었다.

다음 날 새벽 갠지스강으로 향했다. 해가 뜨기도 전인데 길거리는 인도 사람과 관광객과 거지와 비둘기와 소와 소똥과 자동차와 오토릭샤와 쓰레기로 가득했다. 갠지스강은 책이나 구글에서 본 것보다 훨씬 더 더러웠다. 특히 강가는 압권이었다. 연신 구역질을 삼키고 애써 먼 곳을 보며 걸어야 했다. 더러운 골목 안 식당에서 아침을 먹었다. 주방 상태가 어떨지 보지 않아도 알 것 같았다. 감이 왔다. 뭘 주문해도 의심스러워 뜨거운 커피만 홀짝거렸다. 인도 배탈은 하드코어다. 그냥 여행이라면 운이 나빴다 치고 하루 쉬면 그만이다. 하지만 빡빡한 일정으로 촬영할 때는 절대 아프면 안 된다. 나만 힘들어진다. 비위 좋다는 인도 사람들도 "저 식당은 맛있는데 배탈 나. 나도 어제 혼났어"라고 귀띔할 정도라서 조심 또 조심했다.

새벽녘 갠지스강

모든 걸 기꺼이 삼키는 어머니 강 갠지스

새벽부터 역겨운 냄새로 하루를 시작했는데 오후가 되니 더욱 역겨웠다. 왜 이리 적응이 안 되는지, 숨 막힐 것 같은 악취로 가득 찬 좁은 골목을 걸으며 되뇌었다. 바싹 마른 먼지는 어디나 가득했다. 어딘가에서 한번쯤은 좋은 냄새가 날 법도 한데 다양한 시궁창 냄새만 실컷 맡았다. 바라나시는 아주 긍정적으로 이른바 '노 쁘라블럼' 정신으로 모든 버려지는 것들을 반기는 도시다. 썩은 쓰레기, 오물, 사람 오줌, 개 오줌, 소 오줌, 개똥, 소똥… 이 모든 걸 강은 그대로 삼킨다.

화장터에서

어머니 인도는 까맣게 탄 시체도 말없이 받아주었다. 바라나시 화장터는 365일 24시간 쉬는 법이 없다. 바싹 마른 장작을 쌓아 시체를 올린다. 2시간 반에서 3시간을 태운다. 남자는 가슴 뼈, 여자는 골반이 타지 않고 남는데 그대로 강물에 버린다. 동물 시체는 태우지 않고 그대로 버린다. 어린아이 시체나 임산부 시체도 그대로 버린다. 시체를 강가ganga에서 태우면 다시 태어나지 않고 니르바나(더 이상 윤회가 없는 고통 없는 세상)로 직행한다고 한다.

AARTIPUJA

바라나시_ 표백되고 살균된 죽음에 맞서다.

처음엔 역겨웠다. 왜 그런지 숨막히는 악취로 가득찬 좁은 골목을 걸으며 자꾸
되내어 보았다. 바라나시는 아주 좋게. 노.쁘라블럼 정신으로 말해서 모든 버려지는것들을
반기는 도시이다. 썩은 쓰레기. 오물. 사람오줌, 개오줌. 소오줌. 개똥. 소똥.
바람에 떠다니는 바싹마른 먼지와 도대체 한번쯤 향기도 있을법한데
기대를 여지없이 무너뜨리는 다양한 시궁창냄새. 거기에 까맣게 탄 시체까지.
어머니 인도의 젖줄인 강가(갠지스강)는 모든 더러움을 그대로 받아준다.
화장터는 365일 24시간 불이 꺼지지 않는다. 나무를 쌓아 2시간반에서 최고
3시간을 태운다. 남자는 가슴뼈, 여자는 골반이 타지 않고 남는데 그대로
강물에 '버린다.' 동물 시체도 태우지 않고 강물에 '버린다.' 어린아이 시체도
임산부 시체도 마찬가지다. 시체를 강가에서 태우면 다시 태어나지 않고
그대로 니르바나로 직행한다. 시체를 태울때는 아무도 울지 않는다. 만약 울면
혼은 니르바나행 직행 열차에 내려 귀신이 되어 떠돈다고.

　'Burning is learning.'

강가와 바라나시에는 표백제나 섬유유연제 따위가 스며들 여지를 주지 않는다.
모든 버려지는 것들. 더럽게 여기는 것들을 온전히 받아들일 수 있지. 가까이서
마주볼 용기가 있는지 편함없이 물어본다. 하루종일 '난 지금 영화세트장에
있는 것 뿐이야. 촬영이 끝나면 무대에서 나오면 그뿐인거야' 라며
초월명상을 하였다. (인도에서 명상이 발달한 건 어쩌면 당연한 일이다)
똥이 나오면 애써 마주보지 않았다. 하지만 수련이 부족했는지 아직도 곡성소리는
초월하지 못하겠더라. 라씨 가게에 들러 전 세계 사람들이 메세지를 남긴
벽을 천천히 보았다. 아주 인상적인 메모에 확 눈에 들어왔다.

　'살려주세요!'

시체를 태울 때는 아무도 울지 않는다. 만약 울면 혼이 니르바나행 급행열차에서 내려 귀신이 되어 떠돌기 때문이다. 화장터는 대대로 한 가문이 지킨다. 관리인은 죽음을 앞두고 오갈 데 없이 화장터에서 차례를 기다리는 사람들에게 기부하면 화장터를 딱 10분 동안 촬영할 수 있게 해주겠단다. 기부금을 건네니 고맙다는 인사와 함께 "Burning is Learning!"이라고 덧붙였다.

강가와 바라나시에는 표백제나 섬유유연제 따위가 스며들여지가 없었다. 모든 버려지는 것들, 더럽게 여기는 것들을 온전히 받아들일 수 있는지, 가까이서 마주 볼 용기가 있는지 내게 집요하게 물어본다. 하루 종일 '난 지금 영화 세트장에 있는 거야. 촬영이 끝나면 무대에서 빠져나오면 되는 거야'라며 초월 명상을 했다. 인도에서 명상이 발달한 건 어쩌면 당연한 일인지도 모르겠다. 하지만 수련이 부족해서일까. 소똥이 보이면 애써 외면하며 괜찮다, 괜찮다며 혼잣말을 했는데 경적 소리에는 전혀 적응이 되지 않았다. 골목 안 라씨 가게에 들러 전 세계 사람들이 흔적을 남긴 벽을 천천히 보았다. 한글로 쓴 메모가 눈에 확 들어왔다.

'살려주세요!'

갠지스 강가에서 또 한번 인증샷

뭐?
씹쎄 바아리?

미로 같은 바라나시 골목을 빠져나와 인도 전통 헬스장에
도착했다. 상체가 어마어마하게 발달한 젊은이들이 얇은 팬
티 하나만 아슬아슬하게 걸친 채 '조리 가다'와 '가다'를 돌
리고 있었다.

인도식 헬스장에서 만난 젊은이. 아슬아슬하게 팬티 한 장만 걸치고 돌아다닌다.

with JORI GADAA

' 씹쎄 바아리 ?' (가장 무거운 거!)

인도 전통 헬스장에는 상체가 잘 발달된 젊은이들이 아슬아슬하게 얇은 천 하나
걸친 채 '조리 가다'와 '가다'를 돌리고 있었다. 가다는 곤봉에 가까운 운동기구인데
만화에 나올 법하게 비현실적으로 크고 무겁다. 하나짜리 가다는 40 킬로그램
두개 한 세트인 조리 가다는 각각 25 킬로그램까지 나간다. 인도식 레슬링을
하기 위해 고안된 기구라 상체근력을 키우는데 좋다. 하지만 유산소운동은
따로 하지 않는듯 배는 동그랗게 아기 몸매처럼 튀어나왔다. 몸매에 방심해
우습게 보다간 큰일난다. 다들 싸움에는 자신있다며 배를 닮은 미소를 지었다.

가다는 곤봉에 가까운 운동기구인데 이란 주르하네에서 본 몽둥이인 밀과 거의 비슷했다. 하지만 진짜 만화에서 가져온 듯 지나치게 크고 무거웠다. 하나짜리 가다는 40킬로그램, 두 개 한 세트인 조리 가다는 각각 25킬로그램까지 나간다. 인도식 레슬링을 하기 위해 고안된 기구라 상체 근력을 키우는 데 좋다고 했는데 유산소운동은 따로 하지 않는 듯 배는 동그랗게 튀어나왔다. 하지만 아기 몸매에 방심해 우습게 보다간 큰일 난다. 다들 싸움에는 자신이 있다며 둥근 배를 닮은 미소를 지었다. 춤도 아니고 음악도 아닌 종목은 내 담당이라 나도 조리 가다와 가다 모두 들어보았다. 바로 예능이 되었다. 옆에서 보고 있던 인도 청년이 '씹쎄 바아리'라고 소리를 질러서 순간 내 귀를 의심했다. 내가 아무리 분량이 적은 출연자이지만 이건 아니지 싶었다. 알고 보니 힌디어로 '가장 무거운 것'이라고 한다. 자존감이 많이 낮아졌나 보다.

실크로드가
길이 아니듯이

인도 델리에서 서울로 돌아오는 비행기에서 생일을 맞았다. 시원한 맥주 한 잔을 주문해 나 홀로 생일을 자축했다(면 허세이고 그냥 죽은 듯이 잠들었다). 긴 여행을 다녀와도 달라진 건 별로 없다. 오히려 짭짤한 강의와 그림 주문 몇 개를 놓쳤다.

여행을 마친 뒤 통영으로 돌아와 오래된 주택을 고쳐 문화예술 살롱으로 만들기 시작했다. 지금껏 그림 그리고 강의하고 글을 써서 번 돈에 대출을 더해 집 사고 공사하는 데 죄다 밀어 넣었다. 그런데 요즘 들어 부쩍 일이 줄었다. 나보다 감각 있고 더 잘 그리는 젊고 어린 친구들 덕분이다. 벌써 물러날 때가 되었나 싶기도 하다. 그럼에도 불구하고 6월에는 개기일식을 보러 칠레로 떠난다. 비행기표는 벌써 1월에 예약했다. 일은 줄었고 있는 돈을 다 털어서 살롱 공사를 시작했는데 또 여행을 떠난다고? 그렇다. 그냥 그래야 될 것 같다.

이번 여행에서 배운 게 있다면 실크로드는 출발지에서 도착지까지 가는 길이나 여정이 아니라는 사실이다. 이 동네와 저 동네, 이쪽 사람과 저쪽 사람이 호기심과 필요, 그 밖의 사소한 이유로 만난 순간들이 연결되어 마치 길처럼 보이는 것뿐이었다. 점과 점을 촘촘히 찍고 멀리서 보면 선처럼 보이는 것과 같은 이치다. 내 삶도 탄생에서 출발해 죽음까지 가는 길이 아니다. 지금 이 순간만이 있을 뿐이며 이런 순간들이 모여 이루어진 경험과 기억의 덩어리가 내 삶일 뿐이다. 잘했냐 못했냐와 같은 평가는 훨씬 뒤로 미뤄도 괜찮다는 생각이 든다.

'노 쁘라블럼!'

어떻게 쓰고
그렸을까

몰스킨에 그림일기를 쓰고 그리다 보니 이런저런 질문을 받게 된다. 현장에서 바로 보고 그리냐, 그리다 틀리면 어떻게 고치냐부터 어떤 브랜드의 무슨 펜으로 그리냐, 색은 아크릴 물감이냐 마커냐와 같은 전문적인(?) 궁금증까지 다양하다. 그래서 한 번 정리해보았다.

몰스킨은 라지 사이즈의 재패니즈 앨범을 선택했다. 24장이 하나로 연결되어 병풍처럼 접혀 있는 모델이다. 1장에 한 컷을 그릴 수도 있고 풍경에 따라 여러 장에 걸쳐 파노라마로 그릴 수 있어 골랐다. 종이도 두꺼워 펜은 물론이고 색연필과 물감으로 작업해도 뒷면에 비치거나 젖어서 울거나 찢어지지 않는다. 다만 잘 나오는 모델이 아니라 구하는 데 애를 먹었다. 중국, 이란, 인도 각각 한 권씩 완성했다. 원화는 통영에 새로 마련한 공간에서 직접 볼 수 있다.

그림은 현장에서 보고 그리기도 하고 숙소에 돌아와 그리기도 했다. 촬영 일정에 맞추다 보니 일부러 그림 그리는 장면을 찍을 때 빼고는 늘 시간이 부족했다. 그래서 스마트폰으로 재빨리 사진부터 찍어두고 그리거나 아예 숙소에 돌아와 보고 그렸다. 아이패드를 가져간 덕분에 사진을 자세히 보고 그릴 수 있었다. 인물도 마찬가지다. 미리 그리겠다고 부탁하지 않으면 자꾸 움직이거나 아예 다른 곳으로 사라지기 일쑤였기 때문이다. 그래서 스마트폰으로 찍은 뒤 나중에 그렸다. 어쨌든 그날 만난 사람들과 현장 모습은 하루가 다 지나기 전에 몰스킨에 펜으로 그렸다. 일기도 역시 펜으로 썼다. 펜은 스테들러 피그먼트라이너 0.2밀리를 썼다.

채색은 모두 한국에 돌아와 작업실에서 했다. 현장에 물감까지 가지고 다니기에는 짐도 많았고 시간도 모자랐다. 주로 골덴 플루이드 아크릴을 썼다. 그림에 따라 색연필, 금박, 파버카스텔 아티스트펜, 마스킹테이프 등 다양한 재료를 썼다.

어느 영화에서 '가장 완벽한 계획은 무계획'이라고 했던가. 애초부터 계획 자체가 없으면 틀릴 일도 없다. 그림도 마찬가지다. 스케치 없이 그리면 맞고 틀리는 기준이 없어진다. 하지만 생각과 달리 선이 삐져나오기도 한다. 그럴 때는 생각을 바꿔 삐져나온 선에 맞춰 새로 그려버린다. 결국 틀린 게 없으니 고칠 일도 없다. 손으로 쓴 일기도 오탈자가 나오면 천연덕스럽게 그대로 내버려두었다. 찍찍 선을 긋거나 무리하게 지우다 보면 맞게 쓴 글자까지도 오해받기(?) 쉽다. 맥락에서 크게 벗어나지만 않으면 우리의 너그러운 두뇌는 자잘한 실수 따위는 쉽사리 잊어준다.

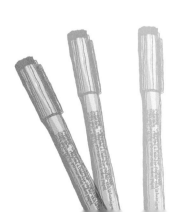

밥장의 실크로드 예술 기행

여행, 작품이 되다

초판 1쇄 인쇄   2019년 9월 3일
초판 1쇄 발행   2019년 9월 16일

지은이   밥장

펴낸이   신민식
편집인   최연순

펴낸곳   가디언
출판등록   제2010-000113호
주 소   서울시 마포구 토정로 222
             한국출판콘텐츠센터 319호
전 화   02-332-4103
팩 스   02-332-4111
이메일   gadian7@naver.com
홈페이지   www.sirubooks.com

인쇄 · 제본   (주)상지사 P&B
종이   월드페이퍼(주)

ISBN   978-89-98480-05-9 03810

* 책값은 뒤표지에 적혀 있습니다.
* 잘못된 책은 구입처에서 바꿔 드립니다.
* 이 책의 전부 또는 일부 내용을 재사용하려면 사전에 가디언의 동의를 받아야 합니다.
* 시루는 가디언의 문학·인문 출판 브랜드입니다.

이 도서의 국립중앙도서관 출판예정도서목록(CIP)은 서지정보유통지원시스템
홈페이지(http://seoji.nl.go.kr)와 국가자료공동목록시스템(http://www.nl.go.kr/kolisnet)에서
이용하실 수 있습니다. (CIP제어번호 : CIP2019033099)